鬼の花嫁

～運命の出逢い～

クレハ

JN019392

STARTS
スターツ出版株式会社

目次

プロローグ 7
1章 11
2章 103
3章 161
4章 265
番外編 305
子鬼の暗躍 306
桜子のコレクション 309
特別書き下ろし番外編 315
東吉のドキドキお宅訪問 316
あとがき 324

鬼の花嫁〜運命の出逢い〜

プロローグ

多くの国を巻き込んだ世界大戦が起き、その戦争は各国に甚大《じんだい》な被害と悲しみを生み出した。

それは日本も例外ではなく、大きな被害を受けた。

復興には多大な時間と労力が必要とされると誰もが絶望の中にいながらも、ようやく終わった戦争に安堵《あんど》もしていた。

けれど、変わってしまった町の惨状を見ては悲しみに暮れる。

そんな日本を救ったのが、それまで人に紛れ陰の中で生きてきたあやかしたち。

陰から陽の下へ出てきた彼らは、人間を魅了する美しい容姿と、人間ならざる能力を持って、戦後の日本の復興に大きな力となった。

そして現代、あやかしたちは政治、経済、芸能と、ありとあらゆる分野でその能力を発揮してその地位を確立していた。

そんなあやかしたちは時に人間の中から花嫁を選ぶ。

見目麗しく地位も高い彼らに選ばれるのは、人間たちからすれば、とても栄誉なことだった。

あやかしにとっても花嫁は唯一無二の存在。

どうやって選ばれるのかは人間には分からぬことであった。

しかし、そんな花嫁は真綿で包むように、それはそれは大事に愛されることから、人間の女性が一度はあやかしの花嫁になりたいと夢を見る。

けれど選ばれるのはほんの一握りだけ。

そんなあやかしの中には位《くらい》が存在する。

あやかしの中で最も強く美しいとされるのが、鬼である。

戦後日本が急速に発展できたのも鬼の力によるものが大きいとされ、今や鬼は日本の政治経済を掌握《しょうあく》するほどまでになった。

鬼の花嫁。

それに選ばれることは女性にとって最高の名誉と言えた。

1章

「ごめん。別れてほしいんだ」

柚子《ゆず》は一瞬なにを言われているのか分からなかった。

申し訳なさそうに目の前に立つのは柚子の彼氏、斉藤大和《さいとうやまと》。

まだ付き合って三カ月の彼から発せられた言葉に耳を疑う。

きっと聞き違いだと思った。

しかし……。

「好きな人ができたんだ」

目の前の大和は、その淡い希望を打ち砕く。

「どうして……。まだ付き合って三カ月なのよ？」

「ごめん」

告白してきたのは大和の方だ。それなのに、もう次の人を見つけたというのか。

では自分に好きだと告白してきたあの言葉はなんだったのか。

柚子は大和の言葉をすぐには受け止められなかった。

「……好きな人って誰？」

それを聞いてどうするというのか。

けれど、そんな言葉しか出てこなかった。

大和は気まずそうにただひと言。

「……花梨《かりん》ちゃん」

それは柚子の想定する中で最も聞きたくなかった名前。

なによりも柚子を傷つける答えだった。

「……か、りん？　……どうしてあの子が出てくるの？」

「前に柚子の家に行った時に会って、それで、一目惚れして……」

確かに大和を家に呼んだことがある。

初めて家に招いた彼氏。

本当はあの家には、彼氏に限らず知人を入れたくなかったが、大和がどうしても行ってみたいと言うから連れていった。

その時に家にいた花梨と大和は会っていた。

けれど、互いに顔を合わせて自己紹介をしたぐらいだ。

そんなわずかな時間だけで、大和は花梨に恋をしたというのか。

よりにもよって、柚子の妹の花梨に……。

「なんで花梨なの……？　それに、あの子は花嫁なのよ？　あの子を好きになったって……」

大和と結ばれることはないのに。

そう続けようとした言葉は鋭い大和の声に遮られた。

「分かってるよ！　けど仕方ないだろう、好きになったものは!!」

なぜ大和が怒るのか。

怒鳴りたいのは柚子の方だというのに。

「とりあえずそういうことだから」

それだけを言い残して大和は去っていった。

追いすがることもできず、柚子はその背中を呆然《ぼうぜん》と見送るしかなかった。


昼休みを終えるチャイムが鳴る。

本当は授業どころではないのだが、真面目な柚子の足は自然と教室へと向かった。

だが、案の定、授業中は上の空。

なにがいけなかったのか。

家に連れていったのがそもそもの誤りなのか。

あの時、なんとしても止めておくべきだったのか。

いや、花梨が家にいないことを確認しておけばよかったのか。

そんなとりとめのないことを考えるばかり。

「柚子。柚子ってば！」

はっと我に返る柚子。

いつの間にか午後の授業は終わっており、帰り支度や部活の準備などで教室内はざわざわとしていた。

「大丈夫？」

先ほどから声をかけてくれていた友人に大丈夫だと笑いかけるが、やはりその顔は力ない。

ふと、視界の端に大和が教室から出ようとするのが映り、自然と彼を見つめていた。視線を感じたのか、大和に目を向けられドキリとしたが、大和は何事もなかったようにすぐに目をそらした。

そのことに、やはり昼休みの出来事は嘘《うそ》ではなかったのだと実感させられる。

昨日までは授業が終わればすぐに柚子に話しかけてきていたし、別れを告げられるような素振りはなかった。だからこそ今回のことは青天の霹靂《へきれき》だった。

だが、よくよく考えてみれば、花梨に一目惚れして柚子と別れると決意したのは昨日今日の話ではないはず。ならば、昨日までの大和はなにを思って柚子と接していたのだろうか。

そんなことを考えていたせいで、目の前の人物をすっかり忘れていた。

「柚子？」

「……あっ、ごめん、透子《とうこ》」

ははは、と、笑ってみせるが、目の前の友人はごまかされてはくれなかった。

眉をひそめてじっと柚子を見る。

「なにがあったの？」

「別になにもないよ」

「嘘！　あんたと何年友達やってると思うのよ。ばればれの嘘つくんじゃない。ほら、白状しろ！」

どうごまかそうかと視線をうろうろとさせるが、いい案は浮かんでこない。

そもそも、そんなごまかしも、この友人にはきっと通用しないのだろう。

柚子は観念して、昼休みの出来事を話した。

大和に突然別れを告げられたこと、その理由が花梨に一目惚れしたからだということを話し終えると、透子はおもむろに立ち上がる。

「ちょっとあいつら、やってくる」

〝やってくる〟が〝殺《や》ってくる〟に聞こえるのは気のせいだと思いたい。しかもその中には大和だけではなく、花梨も含まれているように感じる。

「駄目だって！」

柚子は慌てて透子を止めた。

「止めるな、柚子！」

「透子のは洒落《しゃれ》になってないのよ」

「当たり前だ。洒落にするつもりはない！」

「もっとまずいから！」

ええい、離せと、暴れる透子を止めようと奮闘するが、怒髪天《どはってん》を突いた透子を止めるのは至難の業《わざ》だ。

柚子は先ほどから自身の席でこちらの様子をうかがっていた人物へ助けを求める。

「にゃん吉《きち》君、早く透子を止めてよ！」

「へいへい」

やれやれと仕方なさそうに近付いてきたのは、にゃん吉こと、猫田東吉《ねこたとうきち》。

癖《くせ》のある明るい茶色い髪で、少し猫目だが目鼻立ちが整っていてハーフのように見える。そんな彼は透子の彼氏だ。

「ほら、透子、どうどう」

落ち着けと、透子をなだめる。

「これが落ち着いていられるか！」

「お前が暴れたって、柚子が困るだけだぞ。お前は困らせたいわけじゃないだろ？」

そう言われてから柚子の顔を見て、多少は冷静さを取り戻したらしい。

さすが彼女の扱いを分かっている。

「あー、むかつく！」

暴れるのを止めたものの、まだ怒りは収まっていないようで、行き場のない怒りにイライラする透子。トントン机を叩《たた》く指先が苛立《いらだ》ちを表している。

怒る透子には悪いが、自分のことのように怒ってくれる友人の存在は、落ち込んでいた柚子の心を温かくしてくれた。

「にしても、ふたりはうまくいってると思っていたのに。昨日まで普通だったじゃない！　しかもよりによって、あの女に一目惚れだあ!?　なに考えてんのよ、あいつ」

「ほんとにねぇ」

「なんで、柚子はそんなに落ち着いてんのよ！」

目の前で怒り狂っている人がいたら、逆に冷静になるというものだ。

それに。

「なんか、まだ実感なくて。それにどちらかというと、大和に別れようと言われたことより、その理由が花梨ってことの方がショックが大きいのかも」

同じ親から生まれた姉妹だというのに、いつだって柚子よりも優先されてきた花梨。

だからこそ大和も柚子より花梨を選ぶのかという失望は大きい。

「大和なら大丈夫だと思ったんだけどなぁ」

サッカー部のエースで、社交的。仲間思いで友人も多く、大和を悪く言う者を聞いたことがなかった。

誠実な人だと思った。だから、大和からの告白も了承した。

その時はまだ友達としか思っていなかったが、自分を必要としてくれることが柚子は嬉《うれ》しかった。好きになれると思った。

それなのに、こんな裏切り方をされるなど、誰が思っただろう。

「あの女が、色目使ったんじゃないの？」

透子の言うあの女とは花梨のこと。

家での柚子の扱いを知っている透子は、決して花梨の名を口にしようとはしない。口に出すのもおぞましいと以前言っていた。

柚子の犠牲の下に暮らす奴の名前を口にするだけで怒りが湧いてくると。

今も嫌悪感をあらわにしている。

「それはないよ。花梨は花嫁だもん。彼との仲も良好みたいだし、そもそもあやかしの彼の方がそれを許さないよ。それは、同じ花嫁の透子なら分かるでしょ？」

透子は、ちらっと東吉の顔を見た後、「まあね」と不満そうに同意した。

猫田東吉。

彼は猫又のあやかしで、透子はそんな彼の花嫁。

透子はチョコブラウンの髪を緩くポニーテールにしていて、中身と同じ勝気そうな雰囲気をしている。

柚子と透子と東吉はクラスメイトでもある。

あやかしやその花嫁は、かくりよ学園という、あやかしのために作られた特別な学園に通うのが一般的だった。

けれど、小学生の頃から仲のよかった柚子と同じ学校に行きたかった透子は、柚子と一緒に一般の公立高校へ。

それまでかくりよ学園に通っていた東吉は、透子の後を追って、この高校で一緒に勉強することとなったのだ。

それほどに、あやかしの花嫁への執着は強い。

花嫁を奪わんとする者が現れたら、徹底的に排除しようとするだろう。

だから、大和が花梨と結ばれることはないのだ。

花梨のそばには、花梨を花嫁に選んだ、あやかしの中でも強い力を持つ妖狐《ようこ》のあやかしがいるのだから大和が入り込む余地はない。

「仕方ないよ……」

そうやってあきらめることしか柚子にはできない。

また、柚子より花梨を優先する人間が出てきただけのこと。

いつものことだ。

「柚子……」

柚子よりも悲しそうな顔をする透子に、柚子は笑い返すぐらいしかできなかった。

しんみりとした空気が流れる。

それを壊したのは東吉だ。

突然、パンッと音を立てて手を合わせた。

「突然なによ、にゃん吉」

にらむ透子の頭をわしゃわしゃと撫《な》でてから、柚子を見て教室の時計を指差す。

「透子はいいとして、柚子はバイトの時間大丈夫なのか？」

「あっ！」

時計を見ると、思ったより時間が過ぎていて、柚子は慌てて立ち上がる。

「ごめん、透子、にゃん吉君。また明日ね」

「うん、またね」

「おう」

ふたりに別れを告げると鞄《かばん》を持って足早に学校を後にした。

柚子はどこにでもいる普通の少女だった。

両親と妹の四人家族。

公立の学校に通い、普通に友人がいて、普通に生活している。

……普通だと思う。特に不自由なく生活はできていた。

しかし、柚子はあまり両親から愛されているという実感はなかった。

幼い頃はどうだったか分からない。けれど、物心がついた時には、すでに両親の関心は妹の花梨のものだった。

しっかり者で人に頼ることを苦手とした柚子と違い、甘え上手でかわいらしくいつも笑顔の花梨を、両親がことさらかわいく思うのは仕方のないことだったのかもしれない。

まったく愛されていなかったわけではないと思う。

暴力を振るわれたわけでもないし、きちんと食事も必要なものも用意されていた。

けれど、花梨と比べたらそれほどの興味を柚子に見いだせなかった、ただそれだけ。

それは優しい虐待だったのかもしれない。

柚子は両親に甘えることができなくても、甘える花梨とそれを許容する両親の姿に寂しさを感じていたとしても、自分は姉だからと我慢した。

いつか自分にも興味を持ってもらえる日を夢見て。

しかし、妹の花梨が妖狐の花嫁に選ばれたことで、両親の柚子と花梨の扱いの差が顕著となった。

いや、姉妹の差は最初からあった。

当然のように地元の公立の小学校に行くことになった柚子と違い、花梨を私立のかくりよ学園に通わせることに決めた両親。

かくりよ学園は、初等部、中等部、高等部、大学部とある、ほとんどのあやかしや花嫁が通う学校だ。そこに初等部から現在の高等部まで通っている花梨。

社交的で要領もよく器量好しの花梨ならば、あやかしの花嫁になることもできると豪語し、親戚から借金までして入学金が馬鹿みたいに高いかくりよ学園に入学させた。

親バカと思われてもおかしくない両親の行いだったが、実際にその学校で妖狐のご子息に見初《みそ》められたのだから、あながち親バカを馬鹿にはできない。

だが、そのせいで、両親の関心はさらに花梨へと寄り、柚子をないがしろにすることが増えた。

運動会や参観が被れば当然のように花梨を優先し、欲しいものがあれば花梨はいつでも買ってもらえるのに対し、柚子は毎月決められたお小遣いの中でやりくりするしかない。

お小遣いをくれるだけありがたく思うべきなのかもしれない。あの両親になにを言っても仕方がないのだと。

でも、柚子が本当に欲しいのはそんなものではない。ただ自分も両親に必要とされていると、愛されているんだと、その確信が欲しかった。

しかし、両親が柚子を気にかけるのは、なにか用事を言いつける時だけ。逆を言えば用事がなければ気にも留めない。

熱を出して寝込んでしまった時ですら、両親はまだ子供の柚子を放置して花梨を甘やかすことに時間を費やした。

熱で苦しむ中、うわごとのように何度両親を呼んでも来てはくれない。

家庭は常に花梨を中心に回っており、柚子はおまけにすらなれないのだ。

柚子とてまだ子供だった。

親に甘えたい年頃なのに甘えることを許されない。

両親の機嫌のいい時をうかがって、勇気を振り絞り甘えてみても、「忙しい」のひと言で押しのけられる。

そんな柚子とは違い、なんのためらいもなく甘える花梨と、どんな時でもそれを笑って受け入れる両親。

柚子には決して見せない笑顔。

それは、柚子の存在なくして完成された家族だった。

そのことに対し、怒りを爆発させたこともあった。嫉妬から花梨に癇癪《かんしゃく》を起こし怒鳴り散らすことさえ。

けれど、両親はそんな時でさえ柚子ではなく花梨をかばう。そして、なぜ柚子がそこまで怒りを感じているかも理解せずに柚子を怒鳴りつけるのだ。

柚子はいつからか、あきらめるということを学んだ。

あやかしの花嫁に選ばれるのは名誉なことだ。両親が花梨を大事にすることは仕方がないのかもしれない。

あやかしは花嫁になにかあれば、その手を汚すことを厭《いと》わないほどに花嫁を溺愛するから、勘気を恐れる気持ちは分かる。

だが、両親は最初から姉妹の間に愛情の差があることを娘たちにも分かるように接していた。

それを見て育ったせいか、花梨も姉に対しどこか軽んじるようになっていった。

幼い頃は普通の姉妹だったはずなのだが、明らかに柚子を下に見ているのを言葉の端々から感じる。

家に居場所がないと感じるようになった。

けれど柚子に味方がいなかったわけではなかった。

祖父母だけはいつだって柚子の味方で、花梨ばかりに気を使う両親に何度となく苦言を呈してきた。

「花梨だけでなく、柚子のことももっと気にかけろ」

「あなたたちの娘は花梨だけじゃないのよ」

そう言って、何度も両親に訴えてくれたが、両親には届かない。

「花梨は花嫁なのよ。優先するのは当たり前じゃない」

「そうだ。それに柚子はしっかりしているから大丈夫だ。けれど花梨には俺たちがいなければ」

確かに柚子はしっかりしている。

けれど、それはそうせざるを得ない状況に両親がしたからだ。

だって、自分でなんとかしなければ、両親は助けてはくれないのだから。

幾度となく繰り返された祖父母と両親の話し合いは、いつも平行線。

花梨は花嫁だから。大事な子だから。

ならば、自分は大事ではないのか？

その答えを聞くことが怖くて、柚子は言葉をのみ込むしかない。

結局、両親が変わることはなかった。

高校生になってすぐに柚子はバイトを始めた。

居場所を見いだせないあの家に帰るのが嫌だったからだ。

安心できるのは学校とバイト先、そして祖父母の家にいる時だけ。

　それ故、平日は学校が終わったらバイトに行き、土日は朝からバイトを入れ、その後祖父母の家に泊まりに行く――ということを繰り返し、できるだけ家にいないようにした。

　祖父母の家が比較的近かったのが、唯一の救いだと思う。

　そうでなければ、柚子なくして成立しているあの家で息が詰まる思いをし続けなければならなかった。

　それでも、まだ未成年の子供。まったく家に帰らないというわけにもいかない。

　たとえ両親にとってはいてもいなくても変わらない存在だったとしても。

　家の玄関を前に、柚子は深呼吸する。

　ただ家に帰るだけなのに、こんなに憂鬱《ゆううつ》な気持ちになる者などそう多くはないだろう。

　しかし、いつまでもこうしているわけにもいかない。

　ため息をひとつついて、ゆっくりと家の中に入っていくと、リビングから楽しそうな話し声が聞こえてくる。

　父親は会社に行っている時間。しかし中からは、いないはずの男の声がする。

　ああ、彼が来ているのか。

　特になにかを感じることもなく無感情にそう思っただけで、柚子はリビングには寄らず自分の部屋へと入っていった。

「柚子ー！」

しばらく学校の宿題をしていると、リビングから母親の呼ぶ声が聞こえてきた。

「柚子、帰っているんでしょう？　晩ごはん作るのを手伝ってちょうだい」

仕方なく、柚子は本を閉じてリビングへ向かった。

リビングに入れば、母親がグチグチと文句を言い始める。

「もう、柚子。帰っているんだったら呼ばれる前に手伝いに来なさい」

普段は柚子に見向きもしないのに、こういう時だけは思い出して名前を呼ぶのだ。

でも、この母親は普通に柚子の母親をしているつもりなのだ。自分に非があるとは微塵《みじん》も思っていない。だから、もっともらしいことを言って柚子を叱れるのだ。

それに、柚子には手伝えと言うのに、すぐ近くにいる花梨には言わない。

そのことに気付いているのかいないのか。

もう、柚子は両親に己の心情を訴えることはあきらめている。

まあ、気付いていたとしても、彼の前で花梨を働かせるようなことはできないだろうが。

先ほどから蕩《とろ》けるような表情で、花梨の話に耳を傾けている男の子。

ハニーブロンドのストレートの髪に、金色の瞳。明らかに日本人ではない色合いと、人間離れした美しい容姿。

狐月瑶太《こげつようた》。

花梨と同じ年で、柚子のひとつ年下。学園で出会った花梨を花嫁に選んだ妖狐のあやかしだ。

長いだけが取り柄のいっさい染めたことのない黒髪で、どこにでもいる地味で平凡な容姿の柚子。

そんな柚子とは違い、緩いパーマをかけたピンクブラウンの髪。メイクにもお洒落にも気を使い、明るくかわいらしい印象を受ける花梨と瑶太はお似合いだった。

あやかしの中では上位にある存在で、資産家でもある彼の家からは、花嫁の家ということでいくらかの援助をもらっているらしい。

それにより、花梨を学園に入学させるために作った借金も返済したとか。

両親以上に花梨を溺愛している彼とは、最初に挨拶はしたものの、それ以外で言葉を交わしたことはない。

そもそも、柚子はこの家には寝に帰るぐらいだし、土日は祖父母の家に居座っている。だから瑶太と顔を合わせたのは本当に数えられるほど。家で鉢合わせたとしても、瑶太は花梨にしか関心がないので、ほとんど目が合うこともない。花梨の姉でしかない柚子のことなど眼中にないのだろう。

だが、花嫁とはそれだけあやかしにとって大事な存在らしい。

他が見えなくなるほどに。

柚子は思う。

それほどまでに愛されるとはいったいどんな気持ちなのだろうか。

なにを置いても、全身全霊をかけて愛される花嫁は幸せなのだろうか。

花梨を見る限りでは、とても幸せそうだ。

絶対に柚子には出せない、幸せいっぱいの笑顔。空気からして、愛されていることが分かる。

羨ましくないと言ったら嘘になってしまう。

両親からも、彼氏からも愛されている花梨。同じ家に生まれた姉妹なのに、どうしてこうも違うのか。

祖父母は柚子のことを気にかけてくれる。それはとてもありがたく、それがどれだけ柚子の救いになったことか。

けれど思ってしまう。

私を愛して……。

私はここにいるんだよ。

そう、両親に言えたらどれだけ楽だろうか。

当然のように柚子を残して会話を成立させている、母と花梨と瑤太。

まるでいない者として扱われるのは、何度期待するのはあきらめたと自分に言い聞かせていたとしてもつらいものがある。

たちが悪いのは、母たちにはそんなつもりがいっさいないことだ。柚子の苦しみに気付きすらしない。

それに気付いてくれた祖父母だが、最近は体の調子が悪いということも多く、あまり頼ることもしづらい。

自分にも、花梨を選んだ瑤太のように、自分だけを愛してくれる人がどこかにいるのだろうか。

そうだと思った大和には簡単に裏切られた。

そんなことを思ってすぐに、くだらないと切り捨てる。

悲劇のヒロインぶったって助けてくれる者などいないというのに。

ああ、早く大人になりたいと、柚子は思う。

そうすれば、すぐにこの家から出て自活するのに。

未成年ではそれすらできない。

＊＊＊

「これを私に？」

それはバイト帰りに祖父母の家へ泊まりに来た日のことだった。

ニコニコした表情の祖父母から手渡された紙袋。若い女の子の間で人気のブランドのものだ。

中を開けてみると、かわいらしいワンピースが入っていた。

「どうだ、柚子？」

柚子の反応を期待に満ちた顔で待つ祖父と、そんな祖父を楽しげに見る祖母。

「すっごくかわいい……」

「そうだろう、そうだろう」

祖父はドヤ顔だ。

「どうしたの、これ？」

柚子が問いかけると、祖父は照れたように顔を赤くする。

「あー、いや、あれだ。ちょうど通りかかったら柚子に似合いそうだったんで買ってきたんだよ」

そう言った途端、祖母が吹き出した。

「違うわよ。この人ったら慣れないスマホで検索して、若い子に人気の洋服屋を探して、朝早くから店の前に並んで買ってきたのよ」

「お、おい！」

ばらされて恥ずかしいのか、顔を真っ赤にする祖父。

「並んだの、お祖父ちゃん？」

「いや、まあ、その、もうすぐ柚子の誕生日だろう。それでだな……」

ばつが悪そうに頭をかく祖父は恥ずかしそうだが、柚子は心の中が温かくなった。

両親はきっと、柚子の誕生日など覚えていないだろう。

花梨の誕生日は毎年盛大に祝うというのに。

だから、祖父母が誕生日を覚えてくれていたこと。プレゼントを買うために、朝から若者に交じって買い物をしてくれたことが嬉しかった。

きっと若い女性向けの店で買い物をするのは居心地が悪かっただろう。朝から並ぶのは大変だっただろう。

柚子のためにそれをしてくれた。物をもらったことよりもそれがなにより嬉しい。

「ありがとう。お祖父ちゃん、お祖母ちゃん」

柚子は久しぶりに幸せいっぱいの気持ちになった。

その日は祖母がケーキやごちそうを用意してくれて、早めの誕生日パーティーをしてもらった。

土日は幸せな気持ちで過ごしたが、それもいつまでも長くは続かない。

嫌でも、平日になれば家に帰らなければならなくなる。

昼間は問題ない。

学校には透子がいてくれるから。

くだらない話をして、お腹が痛くなるほど笑う。

十八歳の誕生日を迎えたその日は、透子や友人から誕生日プレゼントももらって楽しく過ごした。

けれど家では相変わらず柚子を取り残して会話を弾ませる両親と花梨を、壁の外のことのように感じながら夕食をとる。

その後、食器の後片付けをしていると、家のチャイムが鳴った。

インターホンから聞こえてくるのは瑶太の声。花梨は嬉しそうに玄関に走っていった。

瑶太はこうして、暇を見つけては花梨に会いに来る。毎日学校で会っているのだから十分だろうにと柚子は思うのだが、それでは足りないらしい。

あやかしの、花嫁への執着はそれだけ重い。

本当は一緒に暮らしたいようだが、花梨がまだ未成年の学生ということで、その話は進んでいない。

とっとと出ていってくれれば、こちらも少しは過ごしやすくなるのに……。

そう思ってしまうのは、姉として最低なのかもしれないと柚子は自嘲《じちょう》するも、そう思わずにはいられなかった。

すぐに戻ってきた花梨の横には瑶太がおり、ふたりの手はしっかりと握られている。

ふたりの仲がいいのは両親にとっては喜ばしいことだが、柚子はそんなふたりを見るのが苦痛で仕方ない。

愛されない自分を知らしめられているようで。

さっさとこの場から離れるために手早く食器を片付けると、花梨を中心に盛り上がるリビングを後にする。

そして、いつもより時間をかけてお風呂に入りながら、その間に瑶太が帰ってくれないかという願望を抱く。

まあ、無理だろう。瑶太は一度来るとなかなか帰らない。

そんな時、お風呂場はこの家で柚子が逃げられる数少ない場所になる。

湯船に浸かりながらほっとひと息つく。

自分はいったいいつまで、こうして家族から逃げ続けるのだろうか。

祖父母もいい年齢。いつまでも助けてくれるわけではない。

もし祖父母がいなくなってしまったら、本当に柚子はひとりだ。

それが、この上なく怖い。

けれど、今からそんなことを考えていたって仕方がないのだ。

高校を卒業したら、どこか遠くの大学に進んで、家を出てひとりで暮らす。

家とは縁を切るつもりで。

そうすれば、こんなふうに疎外感に苦しみ、煩《わずら》わされることもない。

「ふう……」

少し長湯しすぎたかもしれない。

お風呂から出て、髪や体を乾かす。

顔を合わせないようにリビングには行かず、そのまま自分の部屋へと向かうと、少しだけ部屋のドアが開いており、電気がついていた。

消し忘れたかと特に不思議に思わず部屋に入ると、なぜか花梨がいた。

そしてその手には、先日祖父からもらった誕生日プレゼントのワンピースがあり、鏡の前で体に合わせている。

それを見た瞬間、カッと頭に血が上る。

「なにしてるの!?」

びくりと体を震わせて振り返った花梨は、柚子を見るとニコニコと笑う。

「なんだ、お姉ちゃんか。急に大きな声出すからびっくりするじゃない」

そもそもここは柚子の部屋だ。

それでも花梨は悪びれる様子はない。

「その服……」

花梨が今持っているワンピースは、まだ紙袋から出さずにいた。汚すのが怖かったので、次に祖父母と出かける時まで大事に取っておこうと思ったのだ。

それでも、もらった嬉しさから飾るようにテーブルの上に置いていたのだが、どうやら勝手に中を見て取り出したようだ。

「この服かわいいね。これって今人気のブランドのでしょう。どうしたのこれ?」

「お祖父ちゃんからもらったの」

「えー、いいな、いいなぁ。お祖父ちゃんたら私にも買ってくれればいいのに。お姉ちゃんだけずるい」

別に花梨は祖父からもらわなくとも、両親や瑶太から散々貢いでもらっているだろうに。お小遣い以外では買ってもらえない柚子とは違って。

「ねえ、これ貸して。今度瑶太とデートする時に着ていきたいから」

なにを勝手なことを言っているのかと、柚子の中に怒りが湧いた。

「嫌よ。いいから返して」

「えー、いいじゃない、ちょっとぐらい。貸してよ」

「貸さない」

断固とした姿勢を見せていると、花梨はムッとした表情をする。

両親と瑶太が甘やかしたせいか、花梨は自分の思い通りにならないとすぐに機嫌を悪くする。そして、両親に告げ口をするのだ。そうすると花梨が悪くとも必ず柚子が悪者にされて怒られることになる。

それが分かっているから、大概のことは大目に見るが、それだけは駄目だ。

その服は祖父が柚子のために手に入れてくれた大事なプレゼント。他人の垢《あか》をつけたくない。

「いいでしょう。お姉ちゃんばっかりずるい。いつもお祖父ちゃんたちはお姉ちゃんにばっかり買ってあげて。私にはほとんどプレゼントなんてしてくれたことないのに」

それは両親が柚子をないがしろにするから、祖父母が代わりに愛情を注いでくれているだけだ。

なのに、それを理解せず、両親と瑶太から散々甘やかされて、それでもなお足りないと要求するのか。

柚子の苛立ちは募る。

「花梨はお父さんたちや恋人からたくさんプレゼントされているでしょう。服だって私のを借りなくたってたくさん持ってるじゃない」

同じ姉妹でありながら、ふたりの持ち物には雲泥《うんでい》の差があった。

常に新しいものであふれた花梨の部屋と違い、柚子の部屋はよく言えばシンプル、悪く言えば必要以上のものがない。古いものも多いが、両親はただ物持ちがいいだけとしか思っていない。その裏には柚子の努力があるのだ。

バイトを始めたのも、家に居づらかったというのもあったが、一番は花梨にお金がかかっているからと言って、両親が柚子のものを出し渋っていたからだ。

親からのお小遣いだけでは到底足りない。そしてバイトをしても本当に必要なものをそろえていたら、贅沢《ぜいたく》に欲しいものをどんどん買うことなんてできない。

部屋を見ただけで姉妹の格差は顕著に表れている。この部屋の違いを両親は分かっているはずなのに、それでも自分たちは平等に扱っていると思っているのだ。

花梨は柚子にないものをたくさん持っている。わざわざ柚子のものを欲しがらなくとも。だというのに……。

「私はこれが着たいの」

「だったら、恋人におねだりしたら？　上手でしょ、物をねだるの」

「なにそれ。私が物乞いみたいな言い方して」

「いいから、それを返して！」

柚子は花梨の持つワンピースに手を伸ばし、引き寄せる。

しかし、花梨も放すまいと引っ張る。

「お姉ちゃんってば、私に嫉妬してるんでしょ。私が特別な存在だから。お父さんたちからも私は愛されてるけど、お姉ちゃんのことはそうでもないみたいだし。羨ましいから私に意地悪するんだ」

花梨の蔑《さげす》むような顔に、柚子は言いようのないショックと怒りが込み上げてきた。

図星だったからかもしれない。

特別な花梨とそうではない自分が。

そして、それを認められるほど、まだ柚子はあきらめきれていなかったのだ。

「いいから返して！」

思い切り引っ張り合うと、わずかに布が悲鳴をあげる音が聞こえ、柚子は手の力を抜いた。

その瞬間、ワンピースは花梨の手の中に。

「返しなさい!!」

「私に命令しないでよ！」

花梨は柚子を見ると口角を上げ、ワンピースを左右に引っ張るという暴挙に及んだ。

ビリッと布の破ける嫌な音が耳に響く。

「あ……なにするの、やめて！」

止めようと揉《も》み合いになる間も花梨によって力いっぱい引き裂かれ、ワンピースは無残な姿になってしまった。

祖父からもらったワンピース。わざわざ朝から並んで買ってくれたのに、一度も袖を通すことなく破られてしまった。

柚子は呆然と立ち尽くす。

「お姉ちゃんがさっさと渡さないから悪いんだからね」

もういらないとばかりに、ようやく花梨はワンピースから手を離した。

柚子にとって大事な大事なプレゼントを、まるでゴミでも捨てるかのように。

柚子は破れてしまったワンピースに恐る恐る手を伸ばし、腕の中に取り戻した。

しかし、もうそれは着られる状態ではない。

「お前たち、部屋でなにを騒いでいるんだ」

騒いでいたせいか、リビングから父親が顔を出す。

その後ろから母と瑶太もやってきていたが、柚子はそれどころではなかった。

引き裂かれたワンピース。

言葉にできない怒り。

柚子は花梨に向かって大きく手を振り上げた。

パンッ！と小気味よい音がする。

柚子の手がじわじわと痛みを感じたが、そんなことはどうでもよかった。

今までこの家で理不尽なことはたくさんあったが、花梨に手を上げたことはなかった。けれど、今回のことはとても許せる範疇《はんちゅう》を超えていた。

花梨は叩かれた頬を押さえ、涙ぐむ。

すぐに父親が怒鳴り込んできた。

「柚子！　お前花梨になにをしているんだ!?」

大切な花梨が叩かれて怒り心頭のようだが、父親を怖いとは思わなかった。

それよりも怒りが超えた。

「花梨が私の大事なワンピースを破ったのよ」

「私は貸してって言っただけだもん。それなのに意地悪して貸してくれなかったのはお姉ちゃんの方じゃない」

だいたいの状況を把握したらしい父親は、あきれるようにため息をついた。

「お前は姉だろう。ワンピースぐらい貸してあげなさい」

「叩かなくてもよかったでしょう。花梨に傷が残ったらどうするの。花梨は特別な子なのよ」

分かっていた。こんな状況で両親が味方するのは花梨だと。

けれど、実際に柚子の事情も聞かずに柚子を悪としてしまう両親には心底失望した。もう笑いすら込み上げてくる。

「なにを笑っているんだ、花梨に謝りなさい」

「嫌よ。なんで私が花梨なんかに謝らなきゃいけないのよ。そもそもお父さんたちが花梨を甘やかすからこんなことになったんでしょう。私のことなんて二の次、花梨花梨花梨って花梨のことばっかり」

「それは、花梨は特別な子なのだから仕方ないでしょう」

「そんなの私には関係ないわよ。私にしたら花梨なんかただの甘やかされた我儘《わがまま》女じゃない」

「おい」

柚子の言葉を遮るように、低い声が発せられる。

父親とは比べものにならない、威圧する声。

それまで頭に血が上っていた柚子の心を冷やすほどの威力を持った声。

瑶太が、叩かれて頬を赤くした花梨をかばうように抱き寄せ、柚子をにらみつけていた。

柚子を刺し殺しそうなほどの金色の目。蛇《へび》ににらまれた蛙《かえる》のように動けなくなった。

「俺の花梨を傷つける奴を俺は許さない。それ以上言うなら、花梨の姉といえど容赦《ようしゃ》はしないぞ」

こいつもやはり花梨の味方。自分の味方になってくれる者はここにはいない。

そう思ったら、柚子はヤケになった。

「どう容赦しないって？　何度でも言ってやるわよ。女王様気取りで、自分の思う通りにならないとすぐに癇癪を起こす我儘むす……きゃあ！」

つらつらと毒を吐き捨てる柚子の手が、突如火に包まれた。

激しい熱さと痛み、そして肉の焼ける臭い。

これにはさすがの両親も驚いて、近くに置いてあった花瓶の水を柚子の手にかけたが、火は収まらない。

しかし、花梨が瑶太の名を呼ぶと、何事もなかったように火は消え失せた。

妖狐の扱う炎の力。

実際に目にするのは初めてだったが、これがそれなのだろうと、柚子は先ほどまで頭に血が上っていたのが嘘のように冷静にそう判断した。

「次は容赦しないと言ったはずだ」

あやかしは花嫁へ悪意や危害を加える者には容赦しない。

あやかしの前で花嫁である花梨の悪口を言えば報復されるのは分かっていた。

それでも止められなかった。

破れたワンピースが視界に入る。

柚子はそれを持ったまま、両親を押しのけて家を飛び出した。

しばらくあてもなく走り続けたところで、息が切れて立ち止まる。

息を整えると、今度はゆっくりと歩きだした。

燃やされた手がジクジク痛む。

泣きたくないのに、目からポロポロと涙がこぼれ落ちる。

なぜ泣いているのかも分からない。

破れたワンピースを持って泣きながら歩く柚子は傍目《はため》にどう映っているのか。

そんなことを気にしている余裕すらない。

柚子が考えていたのはひとつだけ。

「お祖父ちゃんになんて謝ろう……」

誕生日プレゼントにもらったワンピース。

あの名ばかりの家族たちは、今日が柚子の誕生日であることすら忘れているようだが、祖父母は忘れずにいてくれた。

そんな温かい気持ちが詰まったもの。柚子にとっては替えのきくものではないのだ。

あてもなく歩き続けて、いい加減頭も冷えてきた。

でも、あの家に帰る気にはならない。

祖父母のところへ行こうか。

けれど……。

柚子は火傷《やけど》で痛々しくなった手を見る。

こんな姿で行ったら、ふたりはびっくりするだろう。

きっと柚子を想って怒ってくれる。

けれど、そうすることであの瑶太に祖父母まで攻撃されてしまったらと思うと、足が進まない。

飛び出してきたせいで、お金もスマホすら持っていなかった。

あるのは破れたワンピースだけ。

「はあ……」

人間、溜め込みすぎるとなにをしでかすか分からないものだ、と柚子は思った。

これまでずっと我慢してきたのに爆発してしまった。

夜の歩道橋の上で、自己嫌悪に陥りながら、下を走る車の流れを見ていた。

夜も遅いので車通りは少ない。

「痛い……」

片手だけで済んだが、かなりの火傷を負っている。すぐに病院に行った方がいいれてくる。

ベルではないだろうか。

煽《あお》った自分が悪いのだが、痛いものは痛い。痛すぎて、止まっていた涙がまたあふ

「見つけた」

不意に聞こえてきた男性の声。

一瞬父親が追いかけてきたのだろうかと思ったが、すぐにそんなはずはないと否定する。柚子のことを心配して追いかけてくるような父性を柚子に抱いているはずがないのは嫌というほど分かっている。

それに聞こえてきた声は、父親とは似ても似つかないほど心地のいい、低く若い男性のものだった。

ゆっくりと声のした方を見ると、コツコツと足音を立てて近付いてくるスーツを着た若い男性がいた。

二十代半ばぐらいの年齢だろうか。闇に溶けるような漆黒《しっこく》の髪と、血のように紅《あか》い瞳。そして、人間離れした美しいその容姿に、柚子は手の痛みも忘れて見惚《みと》れていた。

男性は柚子の前で立ち止まると、じっと柚子を見つめる。

その紅い瞳に囚《とら》われる。

そして、ゆっくりと柚子に手を伸ばし、柚子の濡れた目元を拭う。

柚子の手を見て、眉をひそめた男性は舌打ちをした。

「この霊力、狐か……」

「あの……」

柚子が恐る恐る声をかけると、男性の眼差しが再び柚子に向けられる。

「名前は？」

「えっ、あの」

「名前はなんだ？」

怖いほどに整った無表情な顔と違い、柚子に問いかけるその声はひどく甘く優しい。

「柚子です」

「柚子」

名前を呼び微笑《ほほえ》みかけてくる男性に、柚子はドキンと心臓が跳ねる。

「会いたかった」

「えっ、会いたかったって……」

この男性とは今が初対面だ。これほどの美形、一度会ったら忘れるはずがない。

しかも、この紅い目。きっとあやかしだろう。

「俺は玲夜《れいや》。鬼龍院《きりゅういん》玲夜だ。ずっと探していた。俺の花嫁」

そう言って、火傷をした手を気遣うようにそっと柚子を抱き寄せる。

柚子は言葉が出なかった。

鬼龍院とは、あやかしの中で最上位に位置する鬼。あやかしを取りまとめる、トップに立つ家だ。

それに花嫁？

なにを言っているのか理解できなかった。

そんな柚子にかまわず、玲夜は柚子を離すと突然抱き上げた。

「うえぇ？　あ、あの……」

「送る。こんな時間に出歩くのは危ない。家はどこだ？」

そう聞かれて柚子は口ごもった。

「どうした？」

「……帰りたくないの」

なので下ろしてと言う前に、玲夜は柚子を抱き上げたまま歩きだした。

そして、路肩に停められていた黒塗りの高級車へ向かうと、スーツの男性が一礼して後部座席の扉を開けた。

玲夜は柚子と共に乗り込む。

柚子が混乱している間に扉は無情にも閉まってしまった。

そして走りだす車。

おろおろしていると、玲夜に頭をぽんぽんと撫でられた。

玲夜を見れば、その瞳は優しさに満ちていて、初対面だというのになぜだろうか、とても心が落ち着く。

会話はないのに、居心地が悪いとは感じなかった。

玲夜は火傷をした柚子の手を取る。そっと上から触れられると、激しい痛みが走ってくぐもったうめき声が口から漏れる。

玲夜は手をのせたまま動かない。

なにをしているのかと、じっと観察していると、玲夜の紅い目が淡く光を発した。

驚いてその瞳を注視していたが、玲夜の視線は手に向けられたまま。

少しして、あれほどひどかった痛みが消えていくのを感じて手を見ると、火傷が綺《き》麗《れい》さっぱりなくなっていた。

まるで最初から火傷などしていなかったように綺麗に元通りに。

「すごい……」

「他に痛いところはないか？」

柚子は顔を横に振って否定した。

「……あなたは鬼なの？」

「そうだ」

肯定されて、柚子も納得する。

その美しい人間離れした整った容姿に。

瑶太ですら及ばない美しさ。

鬼は、あやかしの中で最も強く美しいあやかしと言われている。

あやかしが人の世に現れるようになってからは、政治経済すらも掌握しているのは誰もが知ることだ。

鬼龍院は、人間もあやかしも含め、日本のトップに立つ家柄だ。

「どうして……？」

「なにがどうしてだ？」

「えっと、この状況というか。私を助けてくれたり、私が今ここにいる状況がどうしてかと」

「言っただろう。俺の花嫁だと」

「花嫁……。私が？」

「そうだ」

「あなたの花嫁？」

「そうだ」

そんな馬鹿な。

けれど、玲夜の瞳は嘘を言っているようには見えない。真剣そのもの。

なにか言葉を発しようとして口を開けたが、なにも出なくて再び口を閉じる。

自分が花嫁？

花梨のように自分も……？

「信じられないか？」

玲夜の手がそっと頬に添えられる。

甘さを含んだ眼差しが柚子を捕らえる。

愛されたいと思った。

花梨のように。

孤独を拭いきれないあの家で何度も願った。誰か自分を愛してくれないかと。

けれど、そんな都合のいいことなんてあるはずがないとあきらめていた。大和のことでさらにそう思うことになった。

けれど……。

「あなたは私を愛してくれる？」

それは柚子の切なる願いだった。

「ああ。お前を、お前ひとりを愛そう。俺の花嫁」

ぽろりと涙が一滴落ちた。

ひとりは悲しい。いないものとされるのはつらい。

存在を肯定してほしい。

この目の前の人は自分を必要としている。

彼はあやかしだ。あやかしは花嫁を裏切ることはない。柚子がなにより願ったものを与えてくれるかもしれない。

そう思ったら、自然と涙があふれてきた。

玲夜はなにも言わず、柚子をその腕の中に引き寄せた。

されるがままになっていると、車が止まった。

扉が開いて外へ出ると、日本家屋の巨大なお屋敷が目の前にそびえ立っていた。

あまりの壮観さに開いた口が塞《ふさ》がらない。

「すごっ」

「こっちだ」

玲夜に手を引かれて屋敷の中へと入っていくと、大勢の人が並んでいた。

「おかえりなさいませ、玲夜様」

旅館のように綺麗なお辞儀で出迎えられて、柚子は目を丸くする。

「あの、ここは？」

「俺の家だ」

「ほぁ」

さすがあの鬼龍院といったところか。柚子の生きてきた世界とは別世界だ。

使用人らしき着物を着た人たちが頭を上げ、柚子に目を留めて驚いた表情をする。

その中で一番年配の男性が恐る恐る玲夜に問いかける。

「玲夜様、そちらのご令嬢は？」

「俺の花嫁だ。俺だと思って丁重《ていちょう》にもてなせ」

「なんと！　それは一大事！　ああ、なぜもっと早くご連絡してくださらなかったのか。そうすれば万全の体制でお出迎えできましたものを。すぐに女性の身の回りのものをご用意して……。はっ、大旦那様にもご連絡しなければ！」

「落ち着け。とりあえず柚子を休ませたい」

「おお、私としたことが、失礼いたしました。すぐにお飲み物を用意いたします」

すぐさま動きだした男性に合わせて、他の人たちも動きだす。

玲夜は玄関で靴を脱いだ柚子を再び抱き上げて、長く続く廊下を歩き始めた。

また抱っこ。

「あの、ひとりで歩けるから」

「黙って抱かれていろ。自分の花嫁を見つけて、これでも浮かれているんだ」

あやかしにとって花嫁はとても大事な人らしいと、透子や花梨を見て分かってはいたが、それが自分に向けられるとなるとなんだかむずがゆい。

長い廊下を右に左に、どれだけ広いのか。

確実に迷いそうな中を歩いて、やっとたどり着いた部屋。和風の外観に反して、そこはモノクロで統一された洋室だった。

黒い革張りのソファーに下ろされ、隣に玲夜が座る。

肩と肩が触れ合うほどに近い。

それとなく距離を取ろうとしたが、肩を引き寄せられて、先ほどより密着してしまい、顔が熱くなる。

少しして、先ほどの年配の男性がお茶とお茶菓子を持ってきたが、置いたらすぐに出ていったのでふたりきり。

なにを話したらいいのだろうかと悩んでいると。

「柚子、さっきから持っているそれはなんだ？」

ずっと気になっていたのだろうか。柚子の持っている破れたワンピースを指差した。

「あ……これは……」

柚子の顔が暗くなる。

そして、ぽつりぽつりと、柚子は今日あったことだけではなく、これまでの自分の生い立ちから、家でどういう立場だったか、どんな思いだったかを話しだした。

途中感情的になって、自分でもなにを言っているか分からなくなる時もあったが、玲夜は決して急《せ》かすことなく根気よく話を聞いてくれたので、柚子は胸の思いをすべて吐き出すことができた。

話しながら、改めて本当に自分はあの家では必要とされていなかったのだなと実感してしまった。

家を飛び出した時も、両親は後を追ってくることはなかった。

それほどの価値を柚子に見いだせなかったのだろう。

あの両親にとって、花梨が第一なのだ。

それにより柚子が不利益を被《こうむ》っても特に問題ではなかった。

「私はどうしてあの家に生まれちゃったのかな」

せめて祖父母のところへ生まれたかった。

そんなことを言ったって仕方ないけど、と柚子は無理矢理笑った。

玲夜は眉間に皺《しわ》を寄せたが、すぐに優しい笑みを浮かべて柚子の頭を撫でる。

「そのワンピースを預かってもいいか？」

「えっ……でも、これは……」

破れてしまっても、大事なものであることには変わりない。

「大丈夫だ。悪いようにはしない」

玲夜の言葉には妙な説得力があり、渡してしまった。

会ってまだ間もないのに、柚子は玲夜に信頼感を持ってしまっている。

玲夜の纏《まと》う空気がそうさせるのか。

でも、嫌な気持ちではない。

玲夜は柚子からワンピースを受け取ると、少しの間部屋から出ていった。

すぐに戻ってきたが、あくびをした柚子を見て苦笑する。

「もう遅い。今日は休んだ方がいいな」

少しすると、呼んでもいないのに着物姿の女性が「お部屋のご用意ができました」と柚子を迎えに来た。

タイミングがよすぎる。偶然か、鬼の能力だろうか。

「おやすみ、俺の柚子」

「おやすみなさい」

女性に案内されたのはすぐ隣の部屋だった。

まるで高級ホテルの一室のように綺麗に整えられた室内を、興味津々に見回していると。

「失礼します」

そう言って、突然女性が柚子の服を脱がしにかかった。

ぎょっとした柚子はすぐに女性から距離を取る。

「なな、なんですか？」

「着替えのお手伝いをと思いまして」

「自分でできるので大丈夫です！」

「そうですか？」

ひどく残念そうな女性の表情にほだされそうになったが、子供ではないのだから手伝いなど冗談ではない。

渡された着替えは浴衣だった。まるで旅館に来たような気持ちで着替え終えると、女性はまだニコニコとしながら待っている。

低い位置でシニヨンにした髪。和服がよく似合う美人で、左目の下のほくろが色っぽいが、柚子とそう年は変わらなさそう。二十代前半ぐらいだろうか。

「お洋服は洗濯しておきますね」

「ありがとうございます」

「とんでもございません。花嫁様のお手伝いができるなど、光栄なことですわ。争奪戦に勝ったかいがあります」

「争奪戦？」

「ふふふっ」

女性は上品に笑うだけ。

「あの花嫁なんですよね、私？」

「もちろんでございます。玲夜様がそうおっしゃいましたから」

「玲夜、さんというのはどういう人なんですか？」

「玲夜様はこの鬼龍院のご子息であらせられます。鬼龍院のことはご存じですか？」

「鬼のあやかしで、私でも耳にしたことのあるすごい家柄ってことぐらいで、それほどには……。すみません」

「かまいませんよ。これからゆっくりと知っていけばよろしいのですから。あやかしの頂点に立つ鬼にはいくつかの家系がありますが、鬼龍院家はそれらを取りまとめる本家筋であり、鬼龍院は人間の世界でもあやかしの世界でも頂点にある家です。玲夜様はその本家の次期ご当主になります」

「あなたも鬼なんですか？」

「はい。この家にいる者は皆、鬼のあやかしでございます。私は分家のそのまた分家にあたる者ですが、ちゃんと鬼でございますよ」

ほらというように、手のひらを上に向けると、青い炎が手のひらの上に現れ、握りしめるとそれはすぐに消えた。確かに人間ではないようだ。

女性は洗濯物を持って出ていった。

ひとりになってようやくひと息つけたような気がする。

ベッドの上にばふんと飛び乗る。

寝そべって、右へ左へ転がってから、ようやく気が済んだ。

いろんなことがありすぎて、家での大騒ぎが随分前のことのように思える。

「花嫁……」

自分をそんな者に選ぶあやかしがいたということが驚きだった。

まだ実感は湧かないが、あんなに美しい人に愛すと言われて舞い上がらないわけがない。

なにより柚子が欲しかったものをくれると言うのだ。甘いご褒美を目の前に突きつけられているような気分である。

信じていいのだろうか。

柚子としては、信じたい。

あの紅い瞳に嘘はなかったと。

この時すでに、柚子は囚われていたのかもしれない。

あの紅い瞳に。

＊＊＊

鬼龍院。

言わずと知れた、鬼の一族の中で……いや、すべてのあやかしの中で最も力のある家だ。

その鬼龍院の名を持つ玲夜は、鬼龍院の次期当主として望まれている。

美形の多いあやかしから見ても美しい容姿と、氷のように冷たい眼差し。

その表情が動くことは滅多になく、まるで人形のように感じられるも、それがまた玲夜の魅力を際立たせていた。

無表情、無感情の冷酷な次期当主。

そう言われながらも、彼から発せられる、人もあやかしも魅了するそのカリスマ性に、誰もが自然と頭《こうべ》を垂れる。

玲夜はこの日、人とあやかしが出席する親睦パーティーに出席していた。

親睦といっても人間側で出席しているのは、政財界でそれなりに地位のある者やその関係者だ。

親睦会とは名ばかりの、権力者にこびを売るための集まり。このパーティーの中で最も権力を持った玲夜のもとには、次から次へと人が寄ってくる。

全員が、玲夜というひとりの男ではなく、鬼龍院次期当主のおこぼれに預かろうとする者ばかり。

政財界、経済界の大物が、玲夜のような若造にこびを売る様は滑稽《こっけい》とすら思う。

それ故、こういったパーティーはできるだけ出席したくない玲夜だが、人とあやかしの仲を深めるという謳《うた》い文句となると、あやかしを取りまとめる役目も負う鬼龍院の次期当主として、出席しないわけにもいかない。

ある程度の挨拶を済ませると、次に群がってきたのは若い女性たち。

玲夜の目に止まろうとする者は人間やあやかしといった種族の違いはない。

違うのは、人間は玲夜の持つ権力に、あやかしは玲夜の持つその強い霊力に惹《ひ》かれ、気を引こうと必死だ。

いつもと変わらぬ周囲の態度に玲夜はうんざりとする。

けれど、あやかしの女性たちの方がまだましだと思えるのは、己の分をわきまえているからだろう。

あやかしは基本、霊力の釣り合ったあやかしを伴侶《はんりょ》に選ぶ。

鬼の次期当主ともなれば、伴侶に選ばれるのは同じ鬼の一族の中で最も霊力の強い女性だ。

すべてはより強い跡継ぎを作るため。一族の本家や分家の家長たちの話し合いで決められる政略結婚である。

玲夜が強く反対すればある程度の希望は聞き届けられるだろうが、次期当主として育てられてきた玲夜は、よほど相手に問題がない限りその決定に従う意思だ。

それは別に鬼の一族に限ったことではなく、多くのあやかしの一族ではそういうものである。

だからそれを理解しているあやかしの女性は、玲夜の伴侶になることを望んでいるのではなく、体の交わりによって得られる玲夜の強い霊力のおこぼれを求め、一夜限りの関係を願っているのだ。

それ故、多くは求めない。あわよくばであるために、そこまで押しも強くない。

けれど、人間の女性は違う。

あやかしでは分かりきったルールや決まり事を知らぬ者は存外多く、一夜の女では満足しない。それ以上の地位、玲夜の伴侶の座を虎視眈々《こしたんたん》と狙っているので、押しも強く、その目は強い欲にまみれている。

その目が余計に玲夜を冷めさせているのだが、そんな玲夜の冷ややかな眼差しも、目の前にご褒美をつるされた人間の女性たちには通じない。

玲夜に見初められようとする者同士の足の引っ張り合いは激しく、そんな様をあやかしの女性たちが嘲笑していることにすら気付かないのだ。

あやかしの間ではごく当然の決まり。

――あやかしはあやかしとしか番《つが》わない。例外はただひとり、花嫁だけ。

あやかしの花嫁。

それはあやかし同士でしか番わないあやかしが、人間から選んだ伴侶。

けれど、花嫁は誰でもいいわけではない。

玲夜を取り囲んでいた女性たちのように、気に入られさえすれば花嫁に選ばれると勘違いしている者は多いが、それはまったく違う。

あやかしにとって花嫁は、ただの伴侶ではない特別な存在なのだ。

花嫁を手にしたあやかしは霊力を高めることができる。

さらに、花嫁との間に生まれた子供は生まれながらに強い霊力を持つという。

一族の繁栄を願うあやかしにとって、花嫁は喉から手が出るほど欲しい存在。

なので、花嫁は一族の宝として、それは大事に大事に扱われるのだ。

それだけでなく、花嫁はそのあやかし自身にとってもなくてはならない存在となる。

まるで心を囚われたかのように愛おしく感じられるのだという。

一度花嫁を見初めると、生涯花嫁だけに愛を捧《ささ》げる。

その愛し方はとても深く、見目麗しい者に真綿で包むように大事に愛される姿は女性の憧れとなり、花嫁になることを夢見る女性は後を絶たないのだ。

そんな花嫁がいかにして選ばれるのか。それはあやかし本人にも分からない。

ある者はとても甘美な香りがしたと言い、ある者は心臓が激しく鼓動したと言い、またある者は霊力が吸い寄せられるような感覚がしたと言う。

皆感じ方は違うが、すべての者が、一目で花嫁だと分かったと、そう言った。

言葉で言い表すことはとても難しいが、会えば分かる。

花嫁を得た者たちは皆一様にそう口をそろえた。

戦後、地位も金も名誉も手にしたあやかしたちが望んだのは花嫁だった。

しかしながら、すべてのあやかしが花嫁を手にできるわけではない。

早くに見つける者もいるが、死ぬまで出会うことのない者の方が圧倒的に多いのだ。

簡単に手にできるわけではないからこそ、余計に手に入れたくなる。

けれど、花嫁と出会うのは運に頼るしかない。

ほとんどがあきらめ、家に相応《ふさわ》しい霊力を持った、あるいは好意的に感じたあやかしを伴侶にする。

玲夜の両親も一族の話し合いで決められた政略結婚だ。けれど、夫婦仲はよく、息子の目から見ても政略結婚とは思えないほどだ。

そんな両親を見てきたから、政略結婚に嫌悪感はない。玲夜にもすでに決められた婚約者がいるが、それなりにうまくやっていけるだろうと思っている。

だが、やはり花嫁に興味がないと言ったら嘘になってしまう。

あまり物事に興味を持つことのない玲夜。それは物に対してだけでなく、人間もあやかしも含まれる。

花嫁を持つ者を見て、自分もあれほどに執着できる存在が見つけられたら。

そうしたら、いつもどこかで感じている空虚ななにかが埋められるのではないか。

そんな淡い希望を抱いていた。


それを感じたのは突然だった。

鬼龍院ではいくつかの事業を行っている。

世間では鬼龍院グループと呼ばれる一大企業を取り仕切っているのは玲夜の父親だが、会長である父親の下で、玲夜も社長として経営に携わっている。

その仕事の帰り道。

いつも通り専属の運転手によって動く車の後部座席に玲夜は座っていた。

父親は会長であると同時にあやかしたちの取りまとめ役でもあるので、社長である玲夜が任せられている仕事は責任も大きい。それ故、車の中ですら時に仕事場となる。

書類に目を通し、仕事を裁定していく最中に突然心臓がざわざわするのを感じた。

玲夜の霊力が磨《と》いだ刃のように鋭さを帯び、意識していないのに感覚が研ぎ澄まされる。

なぜだか無性に心が落ち着かず、玲夜はわずかに動揺する。

「なんだ、これは……」

言いようのない不思議な感覚。

体調でも崩したかと思ったが、あやかしが病気になることなどほとんどない。

内側からあふれ出てきそうななにかを感じて、玲夜は服の胸元を握りしめる。

そして、ふと外に目をやった時、歩道橋の上に人がいるのが見えた。

走る車の中からなのになぜかそれはスローモーションのように見え、そこに立つ少女の顔を目にした瞬間、心臓がどくりと激しく脈打った。

「止めろ!!」

考えるより前に言葉が口から出ていた。

玲夜の叫びに、運転手は慌ててブレーキを踏み、路肩に車を止める。

「ど、どうかなさいましたか？」

運転手の言葉に返事をすることなく、玲夜は車から飛び出した。

そして、歩道橋へ。

階段を一段一段ゆっくりと踏みしめて上がっていく。

少女の姿が明確になり、距離が近付くそのたびに強くあふれ出そうになる感情。

少女はまだ玲夜の存在に気付かず、どこか遠くを見ていた。

こちらを見ろ、その目に自分を映せと、心が叫ぶ。

少女との距離はもうすぐそこ。

そうなって、ようやく少女は玲夜の方を向いた。

交じり合う視線。

その瞬間に込み上げたのは、歓喜。

過去、花嫁を持った者たちは口をそろえて断言した。

会えば分かると。

ああ、確かにその通りだと、玲夜は納得した。

会えば分かる。

一目見て、玲夜は確信した。この少女が自分の花嫁だと。

なぜ分かると聞かれても言葉で伝えることはできないが、間違いはないと玲夜の本能が告げている。

「見つけた」

俺の、俺だけの花嫁を。

玲夜は歓喜に震えた。

ゆっくりと少女との距離を詰めると、少女が泣いているのに気が付いた。

なぜ泣いているのか、なにが彼女を悲しませているのか。

彼女を苦しめるすべてから守りたいという気持ちが湧き上がってくる。

玲夜は今までに感じたことのない感情の揺れに戸惑うが、これが花嫁を見つけたあやかしの本能なのかと納得もした。

戸惑いはするが、それが目の前の少女によって与えられたものなら悪くないと考える。


けれど、そう感じたのはその時まで。

焼けただれた少女の手を見て、眉をひそめる。

ただの火傷ではないことはすぐに分かった。

その手にまとわりつく妖狐の霊力。

自分以外の者の霊力が少女にまとわりついていることにも、そしてなにより己の花嫁を傷つけられたということに、今まで感じたことのない怒りを感じた。

少女を見れば、すでに涙は止まっており、今は戸惑いが大きいことに気付く。

まあ、当然だろう。少女にとっては見ず知らずの他人なのだから。

けれど、そんなものはこれから知っていけばいいのだ。

まず手始めに名前を聞けば、返ってきたのは柚子というかわいらしい名前。

これまでになく、優しい気持ちが次から次へとあふれ出てくる。

冷酷な次期当主の姿は柚子の前にはなかった。

「俺の花嫁」

思わず抱き寄せてしまった。

「俺は玲夜。鬼龍院玲夜だ。ずっと探していた。俺の花嫁」

玲夜も名乗れば柚子は驚いていたが、そんな顔もかわいらしく、思わず抱き寄せてしまった。

抱き寄せてから、早急すぎたかと玲夜は反省する。

あやかしは花嫁を認識できるが、人間はそんなことは分からない。初対面の男に抱きしめられたら、普通の女性は怖がるだろう。

そう思った玲夜だったが、傷ついた柚子を離しがたいと車まで抱きかかえていくことにした。

家を聞けば、帰りたくないという言葉が返ってきて、すぐになにかしらの問題があることが察せられた。

妖狐の霊力によって傷を負っていた時点で分かりきったことだ。

とりあえず、不愉快な妖狐の霊力と痛々しい傷をどうにかしようと、傷を治す。

どうも柚子は花嫁だということが信じ切れない様子。無理はないし、それは想定内なのでなんら問題はない。ゆっくりと時間をかけていけばいいのだから。

そう思っていた玲夜に、柚子は問いかけた。

「あなたは私を愛してくれる？」

身を切られそうなほど切ない慟哭《どうこく》に聞こえた。

信じたい。けれど信じられない。……けれど信じたい。そう言っているようだった。

ならば、玲夜のすべきことは決まっている。

言葉で、そして態度で、柚子に信じてもらえるようにすればいいと。

悲しみの色を宿す柚子を、そっと腕の中に招き入れた。

そして、柚子を抱きしめたまま、それまでとは違う刃のような鋭い眼差しで、助手席にいる自身の右腕の男に目配せをする。彼は心得たというようにひとつ頷《うなず》き、スマホを操作し始めた。

一族に繁栄をもたらしてくれる花嫁のため、鬼龍院が動き始める。


玲夜が柚子を連れて屋敷に戻ると、使用人たちは大騒ぎとなった。

次期当主に花嫁が見つかったのだ。

ただでさえ霊力の強い玲夜をさらに強くしてくれる花嫁。

繁栄の象徴。

喜ぶなという方が無理というものだ。屋敷中が浮き足立つのが気配で分かる。

玲夜は早々に柚子を連れて自室へと入っていったが、この屋敷は玲夜の霊力により守られた結界内のようなもので、中のことはだいたい分かる。

そんな屋敷内で、激しい霊力のぶつかり合いが始まり、一瞬警戒を強めたが、時々聞こえる「私が花嫁様のお世話をするのよ！」「いいえ、私の方が年齢が近いわ！」という叫びでだいたいのことが察せられた。

どうやら、誰が柚子の世話をするかで揉めているらしい。

柚子には聞こえていないのが幸いだ。

玲夜は、あやかし同士が使える念話という能力で、使用人頭へ物は壊すなとだけ伝えておいた。

もう遅いかもしれないが……。

ひと息ついて、明るい場所でよくよく柚子を観察してみて、柚子がなにやら大事そうに布のようなものを持っているのに気付いた。

話を聞いてみると、ぽつりぽつりと柚子は自分の生い立ちと、こうなった経緯を話し始めた。

苦しそうに、そして悲しげに話す柚子が痛ましく、こんな思いをさせている柚子の家族に怒りが湧く。

それと同時に、それを喜ぶ黒い自分を自覚する。

家族から必要とされないことを嘆く柚子。

心が弱っている今の柚子につけいることはとても簡単なことだろう。

ドロドロに甘やかして、愛されていることを自覚させれば、きっと自分なしではいられなくなる。

そんなことを思って心の中で嗤《わら》う玲夜は、柚子の前ではそんな素振りを見せない優しく甘い顔で、柚子の持っていたワンピースを預かり部屋を出た。

すぐに使用人頭を呼び、ワンピースを渡す。

「これを新品同様に戻せ。柚子の大事なものだ」

「かしこまりました」

一礼をして去っていった使用人頭。

屋敷内も静かになっていたので、どうやら決着はついたようだ。

部屋に戻ると柚子があくびをしており、客間へ案内させるために念話で人を呼ぶ。

柚子がいなくなった部屋でこれからのことを思案していると、扉がノックされる。

「入れ」

そうして入ってきたのは、公私共に玲夜の秘書を務める、玲夜の右腕と呼ばれている荒鬼高道《あらきたかみち》。

知的で真面目そうな印象を受ける、ストレートの黒髪。玲夜より少しばかり年上の男である。玲夜の求めるものに対して一を言えば十を返してくる有能な秘書だ。

鬼龍院の分家の跡取り息子で、玲夜とも年が近いことから、幼少期から玲夜に付き従ってきた。

鬼の一族であるため、そこいらのあやかしよりも整った顔をしている。冷たい印象を受ける玲夜と比べれば一見優しげに見えるが、玲夜の秘書をするだけの冷酷さも持ち合わせている。

「こちらが、花嫁様の調査報告です」

差し出された書類に目を通す。内容は柚子に関する情報だ。

年齢から、通っている学校や趣味趣向。生い立ちから、交友関係まで。

柚子と出会ってから何時間も経っていないが、鬼龍院の情報力をもってすればこれくらいはたやすいことだ。

生い立ちや、家庭での状況は先ほど柚子から聞いていた通りだった。

甘やかされた妹と、ないがしろにされる姉。

妹が花嫁ということを考えれば致し方ないとも言えるが、柚子への扱いは妹が花嫁に選ばれる前からのこと。

ああ、なぜもっと早くに柚子を見つけられなかったのか。そうすれば、こんな扱いなどさせなかったというのに。

玲夜は、柚子との出会いが遅かったことを悔やんだ。

「いかがなさいますか？」

「まずは、すべての分家に花嫁が見つかったことを通達しろ。そして、鬼山《きやま》には桜子《さくらこ》との婚約を白紙にする旨も伝えるんだ」

桜子とは、一族の話し合いにより決定された玲夜の婚約者だ。しかし、花嫁が見つかった以上それも白紙となる。

優先されるべきは花嫁なので、鬼山の家も花嫁の登場に喜びこそすれ、婚約白紙に文句を言ってくることはないだろう。

あとは、どうやって柚子をあの家から助けるか。

「高道、柚子の祖父母とすぐに連絡を取れ」

「かしこまりました」

「……あんな家族なら、いなくても問題ない。そうだろう？」

玲夜はくくっと凶悪な笑みを浮かべた。

＊＊＊

翌朝、寝ぼけ眼で起き上がった柚子は、一瞬ここがどこだか分からなかった。

すぐに昨日のことを思い出して、飛び起きる。

やはりあれは夢ではなかったようだと再確認する。

これからどうしたらいいかと部屋の中をうろうろとしていると、部屋の扉がノックされ、玲夜が入ってきた。

昨日とは違い、この和風の屋敷に合った紺色の和服を着ていた。

スーツ姿も素敵だったが、和服姿の玲夜も違った魅力を放っていて、じろじろ見ないようにするのに苦労した。

「おはよう、柚子」

「おはようございます、柚子」

朝から眩《まぶ》しいほどの美しさ。綺麗すぎて怖さを感じるほど。

クールであまり表情が表に出にくいからだろうか、余計にそう思う。

けれど、時折見せる微笑みは破壊力抜群。

思わずくらりとしてしまうほど、玲夜に見惚れてしまう。

「よく眠れたか?」

「はい。ありがとうございます」

突然家に押しかけて、着替えや寝床まで用意してくれたのだから感謝しかない。

昨日家を飛び出した時に感じていた暗く重い気持ちは今はない。

玲夜が話を聞いてくれたからだろうか、少し清々しさすら感じるが、悩むのはこれからどうするかだ。

いつまでもこの家にお世話になるわけにはいかない。

そう思うと、またあの暗い気持ちが湧き上がってくる。

「着替えを持ってきた」

そう言って渡されたのは、昨日着ていた服ではなく、見覚えのあるロゴの紙袋。

祖父が買ってくれたワンピースと同じブランドのロゴだ。

中には服がいくつか入っている。

「あのこれ……」

「気に入らなかったか？」

「いえ、そうじゃなくて……」

「なら早く着替えて食事にしよう。外で待っている」

さっさと出ていってしまい、柚子は戸惑ったまま残された。

「これ着ていいのかな？」

けれど、渡されたということは着ていいということなのだろう。

いつの間に用意したのかは分からないが、他に服もないので、紙袋からブラウスとスカートを選んで着ることにした。

素早く着替えて、外で待つ玲夜のもとへ行く。

そのままついていくと、食事が用意された部屋に案内された。

どこの旅館だと言いたくなる、広く高級感あふれる座敷。どこからともなく水音とししおどしの音が聞こえてくる。

ふたり分の座布団が向かい合わせに並び、座卓の上にはまるで料亭で出されるような料理が並んでいる。

たったふたりでとる朝食。

どこから手をつけていいのか困惑しつつひと口食べると、思わず「美味しい」と声が出た。

すると小さく笑う声がして、正面を見ると玲夜がじっと柚子の様子を見ていた。

その表情があまりにも優しく、これほど綺麗な人に見られていることが恥ずかしくて俯《うつむ》いた。

思い返せば昨日はとんでもないことを言ってしまったと、柚子は今さら後悔していた。

初対面の相手に愛してくれるかと問うなど、どうかしている。それほど弱りきっていたとも言えるが、そのことを思い出すと玲夜を直視できない。

できるだけ料理に集中していると、着物姿の女性たちがかいがいしく給仕をしてくれる。

突然現れた見ず知らずの女に、ここの人たちはニコニコとしながら世話を焼いてくれるので、申し訳ないような気持ちになる。

自分にはそこまでしてもらう価値などないのに。

自分をおとしめるような言葉はよくない。

そう思いつつも、これまでの柚子の生い立ちを考えれば、そんな考えを持ってしまうのは仕方がないことだった。

食事を終え、ごちそう様と箸を置くと、柚子の目の前に湯飲みが差し出された。

それ自体はなんらおかしなことはない。おかしいのはそれを持ってきた人物？だ。

大きさは柚子の手のひらに乗るほどのサイズ。そして、頭には鬼のような角を生やした、三頭身の男の子がふたり。ひとりは黒髪で、もうひとりは白髪だ。

「小人？」

「あい！」

かわいらしい声で湯飲みを抱える小さなふたりは、幼い顔も相まって柚子の心臓を打ち抜くほどの破壊力があった。

「か、かわいい！」

恐らく、ここに来て初めて見せた柚子の笑顔だっただろう。

「あい！」

「あい！」

差し出してくる湯飲みを恐る恐る受け取り、「ありがとう」とお礼を言うと、その小さな男の子はにぱっとかわいらしい笑みを浮かべて、トコトコと玲夜のところへ走っていった。

「あの、その子は？」

「子鬼だ。俺の霊力で作り出した使役獣だ。あやかしは霊力でこういうものを作り出すことができる。気に入ったか？」

「すごくかわいいです」

「なら、こいつらは柚子にやろう」

「えっ、でも……」

「かまわない。もともと柚子にやるつもりで作ったからな。お前たちはこれから柚子のそばにいろ」

「あい！」

「あーい！」

玲夜に命じられると、子鬼のふたりは嬉しそうに手を上げた。

お茶を飲みつつ、じゃれ合う子鬼たちから目を離せないでいると、昨日の年配の男性が玲夜に紙袋を差し出した。

それをぼんやりと見ていた柚子の横に玲夜がやってきて、その紙袋を渡してくる。

「開けてみるといい」

言われるまま中を開けてみると、そこには昨日玲夜に渡したワンピースが入っていた。しかも、引き裂かれていたところは綺麗に繕われ、見た目には分からないほどになっていた。

「これっ」

玲夜を見れば、優しく微笑む顔が向けられていた。

「昨日急いで繕わせた。大事なものだったのだろう？」

「っ、はい。あり、がとっ……」

鼻がツンとして、涙が浮かんでくる。

祖父にどう謝ろうかと思っていたのに、ここまでしてくれて、あまりの嬉しさに思うように言葉が出ない。

ワンピースをぎゅっと胸に抱きしめてお礼を言った。

玲夜は笑みを浮かべ、ワンピースごと柚子を抱き寄せた。

「お前のためならこれぐらいたやすいことだ」

「鬼龍院さん……」

「玲夜と呼んでくれ。俺の唯一の花嫁にはそう呼ばれたい」

「……玲夜、本当にありがとう」

祖父母や透子以外で、こんなに嬉しい気持ちにさせてくれたのは玲夜が初めてだ。

落ち着いたところで隣同士で座ると、玲夜が切り出した。

「柚子はこれからどうしたい？」

「どういうこと？」

「申し訳ないが、昨日のうちに柚子のことを調べさせた」

そう言われたが、特に驚きはなかった。

鬼龍院の力を使えば、柚子ひとりのことを調べるなどたやすいだろう。

「あまり家族とうまくいっていないのだろう？」

「……うん」

「柚子が望むのなら、あの家から出してやろう」

「えっ」

「嫌なのか？」

「嫌というか……」

確かにいずれは出るつもりでいた。

高校を卒業したら、大学は家から離れたところを選び、ひとり暮らししようと。

大学に通うのが金銭的に難しかったら就職してもよかった。とりあえずあの家から解放されたかった。

その日をずっと心待ちにしていたのは事実だ。けれど、今すぐにと言われると戸惑

い の方が大きい。

「あの家にいても、柚子にいい影響を与えるとは思えない」

「確かに、もうあの家には居づらいし、帰りづらいけど、あの家を出てどうやって生活していけばいいか……。まだ未成年で、親と縁を切り離せないし」

「ならば、祖父母と養子縁組するのはどうだ？」

「えっ、養子縁組？」

　思ってもみない提案に目を丸くする。

「昨日のうちに柚子の祖父母とは連絡を取った。柚子が怪我をさせられたことや経緯を話したら激怒していたようでな、このことを提案してみたらとても乗り気だった。むしろあの親から離せるなら賛成だと言っていた」

　きっと心配させてしまっただろうなと、柚子は申し訳なくなった。

「どうする、柚子？」

「急に言われても混乱して。それに、お祖父ちゃんもお祖母ちゃんも年金暮らしで、一緒に暮らすにはふたりの負担になるだろうし」

　週末だけ泊まりに行くのとはわけが違う。あの家から出られるのは大歓迎だが、祖父母の負担にはなりたくない。

　まだ学生の柚子は、バイトを頑張ったとしても限度がある。現実的な問題として、その選択を簡単には受け入れられなかった。

「祖父母の負担を考えているのなら気にしなくていい。祖父母と養子縁組をするだけで、柚子はここで暮らすんだから。金銭的な不自由をさせるつもりはない」

「はっ!?　いやいや、他人の玲夜にそこまでしてもらうわけにはいかないから」

すると、玲夜は眉をひそめ眼差しを鋭くさせた。

その迫力に柚子はたじろぐ。

どうも、玲夜の機嫌を損ねてしまったようだ。

「他人だと？　言ったはずだ。お前は俺の花嫁。花嫁が苦しんでいて放置などできるはずがないだろう」

「でも……」

「でもじゃない。柚子が決心できないならこちらで話を進めておく」

「えっ、玲夜！」

とっさに玲夜の腕を掴《つか》むと、その手を上から握られる。

「あやかしにとって花嫁は唯一無二の絶対の存在だ。悲しむ姿など見ていられない。今は黙って俺に頼れ。悪いようにはしない。それとも、俺が嫌か？」

「……その言い方はずるいと思う」

すでに玲夜にほだされかけている柚子が、寂しそうに問うてくる玲夜の顔を見て、流されないわけがない。

「なら、決まりだ。柚子の家に行くぞ。話をつけに行く」

「えっ、もう？」

即断即決。強引すぎる玲夜に、柚子はついていくのがやっとだ。

けれど、嫌な気はしない。

これまで変えたくても変えられなかった自分を、玲夜が塗り替えていってくれるのが分かるから。


車に乗り、玲夜と共に柚子の家の前に降り立った。

一日ぶりの柚子の家。帰ってきてしまったと言う方が正しいかもしれない。

できれば帰ってきたくはなかった。

両親は怒っているだろうか。それとも無関心な反応が返ってくるだろうか。

予想ができなくて不安だらけだ。

けれど……。

隣に立つ玲夜を見上げる。

ぽんぽんと、頭を撫でられる。それだけで元気づけられた気がした。

一緒についてきた子鬼のふたりも、柚子の肩の上に乗って、玲夜を真似《まね》するようによしよしと撫でてくれる。

ひとりではないという事実は、柚子に勇気を与えてくれた。

一度深く深呼吸をして、玄関の扉を開ける。

その後を玲夜、そして、先ほど紹介された玲夜の秘書をしている高道がついてくる。

高道は弁護士資格も持っているらしく、この短い時間で養子縁組に必要な書類をすべて用意していた。あとは保護者である両親と祖父母のサインをもらうだけ。

そこはさすが鬼龍院というところか。

リビングに近付くと、なにやら言い争う声が聞こえてくる。

玄関に靴があったからきっと祖父母だろうと思ったが、リビングに入れば案の定、両親と祖父母が言い争っていた。

「お前たちはそれでも柚子の親なのか!?」

「親父たちには関係ないだろう」

「関係ないわけがあるか！　柚子は俺の孫でもあるんだぞ！」

「あの子は花梨に手を上げたんですよ」

「それだけのことを花梨がしたんでしょう。それなのに柚子の話も聞かないで、あの子だけを悪者にして！」

どこまでも花梨を優先する両親と、柚子のことも考えてくれる祖父母。

その意見が噛《か》み合うことはない。

そこには両親と祖父母だけでなく、花梨と瑶太もいたが、花梨は不機嫌そうにし、瑶太は敵意に似た眼差しを祖父母に向けている。どうやら柚子をかばう祖父母が気に食わないようだ。

すると、ようやく花梨が柚子の存在に気付いて「お姉ちゃん」と声を出したことで、他の者も柚子に目を向けた。

「ああ、柚子。怖かったわね。無事でよかった」

そう言って抱きしめてくれるのは、母ではなく祖母。よかったと安堵の表情を見せるのは、父ではなく祖父。

この時、柚子の気持ちは固まった。

もうとっくの昔に、両親は両親ではなくなっていたのだ。

「お祖父ちゃんもお祖母ちゃんも心配かけてごめんね」

祖母が口を開こうとしたが、その前に、花梨が言葉を発した。

「まったくお姉ちゃんのせいで、いっつもお祖父ちゃんたちと喧嘩《けんか》ばっかり。いい加減にしてよね。当てつけみたいに家出するなんて、かまってちゃんなの？　心配してほしいからって面倒かけるのはやめてよね」

「花梨！」

祖父が怒鳴りつけるが、花梨が意見を変えることはない。それどころか、隣にいた瑶太が柚子に近付いてきて威圧する。

「花梨に手を上げたばかりか、花梨やその家族に迷惑をかけるとは何様のつもりだ」

その言いようにムカッときて言い返そうとしたが、それは続いてリビングに入ってきた玲夜に先を越された。

「お前こそ俺の花嫁に対して何様のつもりだ」

突然現れた人外の美しさを持つ玲夜に、祖父母と、瑶太に見慣れているはずの花梨と両親ですら、時が止まったかのように釘付けとなる。

同じあやかしでありながら、その美しさと圧倒されるような覇気《はき》は瑶太と比べものにならない。

瑶太も一瞬唖然《あぜん》としていたが、すぐに我に返ると驚愕《きょうがく》の表情を浮かべた。

「あなた様がなぜここに」

玲夜は一瞥《いちべつ》しただけで答えることなく、後ろから入ってきた高道に指示を出す。

「始めろ」

「かしこまりました」

高道は両親と祖父母の間に入り、それぞれに名刺を渡していく。

「私、こちらにいらっしゃる鬼龍院玲夜様の秘書をしている者です」

「鬼龍院!?　鬼龍院ってあの？」

両親は驚いたが、祖父母はあらかじめ今回の話を聞いていたからか驚いた様子はない。

「本日は柚子様の養子縁組に関しまして、了承と手続きのためのサインをいただきに参りました」

「養子縁組!?」

両親にとっては寝耳に水だろう。そんな両親に祖父は鼻息を荒くする。

「そうだ。もうお前たちに柚子を任せておくわけにはいかん！　柚子は俺たちが引き取る」

「なに言っているんだ、親父！　そんなことを勝手に」

「こうでもしなきゃ、柚子はこの家では幸せになれん！　お前たちは花梨のことばかりで、柚子をないがしろにしてきただろう」

「そんなことありませんよ。ただ、花梨は特別な子だから、花梨を優先するのは当たり前で」

「お前たちはそればっかりだ。花嫁だから？　それがどうした！　それが理由になるとでも思ったか!!」

両親と祖父母の言い合いはヒートアップしていく。

らちがあかないと思ったのか、父親の怒りの矛先は柚子へと向く。

「柚子、お前はどう思っているんだ⁉」

父親が怒鳴るように問いかける。

ここまで育ててくれたことには感謝する。しかし、ここに自分の居場所はない。

父親と対峙《たいじ》することは勇気がいった。けれど、両親ははっきり言わなければ気が付かない。いや、言ったところで理解するかどうか怪しい。

けれど、自分の意思を伝えるために柚子は俯きそうになる顔を上げ、しっかりと父親を見据えた。

「私はお祖父ちゃんたちの子になる。ここにいたって私は幸せになれないもの」

「なっ！」

はっきりと子供に言われて、ショックのためか怒りのためか、顔を赤くして体を震わせる父親。

「この親不孝者が！　ここまで育ててやったのに……」

父親が柚子に向かって大きく手を振り上げる。

叩かれるっ。

そう思って目を瞑《つむ》り痛みに備えたが、いつまで経っても痛みはやってこない。

目を開けたら、玲夜が父親の腕を掴んでいた。

「玲夜……」

「離せ！　なんだ貴様は。他人が口を挟むな！」

父親は興奮しながら玲夜を怒鳴りつけたが、玲夜がひとにらみすると、ヒッと声をあげて怯《おび》える。

顔が整いすぎているから、それだけでもすごい迫力がある。

それでも家長としての矜持《きょうじ》があるのか、父は必死であらがいを見せた。

まあ、震えながらではその虚勢も意味がないように見えるが。

「なんなんだお前は。柚子、どういうつもりだ！」

「柚子、我儘もいい加減にしなさい。お母さんたちを困らせて楽しいの!?」

父親、そして母親が怒鳴る。

いつだって悪者は柚子ひとり。自分たちが悪いなどと微塵も思っていないのだ。

どうしてこんな状況になったかも。

柚子が血のつながった家族を捨てるほどに追い詰められていたかも。

それがどれだけ苦渋の選択だったか。

いつか自分も家族の一員に入れてくれることを願い、それは無理だと気付いた時の絶望感。そして、あきらめ。

柚子の願いや迷いをまったく分かっていない。分かってはくれない……。

「どこで育て方を間違えたのかしら。花梨ならこんな馬鹿なことしないのに」

「そもそもの原因はお前だろう。ちゃんと花梨や瑶太君に謝って、この人たちには帰ってもらえ」

ただただ柚子を責める両親に、柚子はぐっと唇を噛みしめる。

両親に非難の声を浴びせられる中、言い返すことなく耐えていた柚子だったが、急に声が遠くなった。

見ると、両肩に乗っていたふたりの子鬼が、両方から柚子の耳を塞いでいた。

こんな言葉は聞かなくていい、というように。

そして、花嫁を傷つけられた玲夜も黙っているはずがなく。

「黙れ」

たったひと言。

けれど玲夜のそのひと言はとても重く、両親の興奮は一気に冷めたようだ。

「お前たちは柚子にとって害悪にしかならない。とっととサインしろ」

父親を威圧する玲夜に、ようやく冷静さを取り戻してきた瑶太が声をかける。

「どういうことですか。どうしてあなた様があの女の味方をするのです？」

「言ったはずだ、花嫁だと」

「は、花嫁？　あの女が、そんなはず……」

次の瞬間、瑶太は青い炎に包まれた。

「うあぁぁ！」

ゴロゴロと床を転がる瑶太に花梨が駆け寄る。

「瑶太！」

「柚子の痛みを知れ」

瑶太を見下ろす玲夜の目は凍るように冷たい。その目を、次は自分の番かもしれないと怯える父親に向ける。

「俺を本気で怒らせる前にサインした方が身のためだぞ」

玲夜が父親を脅している間に、高道が祖父に書類を渡して必要な場所にサインをさせている。

「玲夜様。こちらは終わりました。あとはそれだけです」

高道にそれ、と言われた父親は、玲夜ににらまれて顔色が悪い。

玲夜は父親の胸倉を掴み、強引に書類の前に座らせる。高道がペンを差し出す。

父親はためらっていたが、チラリと見上げた玲夜の冷たい眼差しに、恐る恐るペンを取った。

言う通りにしなければどうなるか。先ほどの瑶太の姿を思い出せば、反抗する気も起きなかったのだろう。

「こちらにサインを」

父親は震える手でペンを走らせる。

柚子はそれを、いろいろな感情がない交ぜになった気持ちで見ていた。

高道がサインの終わった書類に目を通して、不備がないか確認していく。

「ふむ、問題ないようです」

玲夜はひとつ頷くと、柚子に視線を向ける。

「柚子、もうこの家には戻らない。必要最低限のものだけ持ってくるんだ」

「う、うん」

「行きましょう。柚子」

柚子は祖母と共に自分の部屋に向かった。

本当に必要最低限のものだけを詰めた鞄は、一泊旅行に行くのかというほどの大きさしかない。

ここから出ていくというのに、自分が持ち出したいと思えるほど思い入れのあるものはこんな小さな鞄ひとつなのだと思うと、少し寂しい気がした。

なにせ、土日は祖父母の家に泊まり、平日は学校とバイト三昧《ざんまい》で寝に帰るだけの部屋だったのだ。大事なものなんてほとんど置いていないことに、手にした荷物の量を見て気付かされた。

長年過ごした自分の部屋。

この家であの家族と顔を合わせずに済む逃げ場でもあった。

「ありがとう」

そう言い残して、扉を閉めた。

リビングへ戻ると、服が焼け焦げた状態で横たわる瑶太を花梨と母親が囲んでいた。

父親も玲夜を警戒しながら、瑶太の様子を見ている。

当の玲夜はどこ吹く風。

もう父親など眼中にないという様子で、祖父と高道となにやら話をしている。

柚子が入ってくると、その手の鞄に視線を移す。

「それだけか？」

「うん。……ねえ、あの人は大丈夫なの？」

全身を炎で包まれていた瑶太は、床に転がって身動きひとつしない。

柚子の手を焼いた人だ。ざまあみろと思わなくもないが、少しやりすぎな気もしなくもない。というか、生きているのか心配になる。

「問題ない。少し霊力をぶつけたから気絶しているだけだ。火傷もあの程度、狐ほどのあやかしならすぐに回復する。俺の柚子に怪我をさせたから、ちょっとした仕置きだ」

お仕置きなんてかわいらしいもので済んでいるように見えないのだが、人間とあやかしはやはり体の作りが違う生き物なのだろう。

「準備ができたなら行くぞ」

柚子から鞄を奪うと、肩を引き寄せて歩きだす。

しかし、柚子は玲夜の手から離れ振り返る。

「これまで育ててくれたことには感謝してます。お世話になりました」

三対の目が憎々しげに柚子に突き刺さる。

しかし、柚子はそんな眼差しには負けず、一度だけ深く頭を下げると、玲夜と共に長年暮らした生家を後にした。


鬼龍院家へ行く前に、祖父母を家まで送った。

柚子が荷造りをしていた間に、祖父と玲夜の間で柚子について話がされていたようだ。

祖父母の養子となったが、これから柚子は鬼龍院の家で生活する。

柚子の身の回りのことはすべて玲夜が面倒を見る。

けれど、祖父母との付き合いについて玲夜が強制するようなことはなにもなく、会いたい時に会えばいいということだ。

「柚子、鬼龍院さんと仲良くね」

「またいつでも遊びにおいで」

「うん、またね」

祖父母と一時の別れをし、柚子は玲夜と共に鬼龍院の家へ。

厳かな門構えが柚子を迎え入れる。

一日で大きく変わってしまった柚子の生活。期待と不安で心が落ち着かない。

そんな柚子に玲夜が優しい笑顔で手を差し出す。

「ようこそ柚子。俺の花嫁」

「これから、よろしくお願いします！」

「あい」

「あいあい」

子鬼たちも柚子を歓迎するように、ぴょんぴょん跳びはねた。

玲夜に手を引かれ、柚子は門をくぐった。

＊＊＊

「……うっ」

「瑶太!?」

それまでピクリとも動かず気絶していた瑶太が目を覚まして、花梨は声をかける。

「くっ」

うめき声をあげつつも、ゆっくりと体を起こした瑶太に、花梨もそして両親もほっとした表情をする。

先ほどまでの悪夢のような時間は、本当に夢だったのではないかと三人に思わせたが、目の前で倒れた瑶太がいる以上、夢だと現実逃避することも許されない。

「瑶太、大丈夫?」

今にも泣きそうな顔で花梨が問いかける。

「大丈夫、心配しなくていい」

とても大丈夫そうには見えない。なにせ火達磨《ひだるま》になったのだ。

けれど、服は焼け焦げているものの、瑶太自身の肌に火傷は見られない。

とても炎に包まれたとは思えない綺麗な肌。

玲夜は霊力をぶつけたと言った。それはその通りで、鬼の大きすぎる霊力をぶつけられ、その衝撃により気絶したに過ぎなかった。

鬼の、しかも次期当主たる玲夜が本気で霊力をぶつけていたら、気絶などでは済まなかっただろう。そう考えれば、ある程度手加減をされていたことが分かる。

瑶太は妖狐の一族の中では上位の家の息子。瑶太は憎いが、妖狐一族との諍《いさか》いは望んでいないということなのだろう。

いくら花嫁のためとはいえ、瑶太をどうにかしていたら、さすがの妖狐の一族も黙ってはいない。玲夜もそれは望んでいないから、お仕置きで済まされた。

けれど、瑶太がもし柚子にしたことがあれ以上のものだったら、玲夜は容赦しなかっただろう。たとえ妖狐一族と全面戦争になろうとも。

「花嫁……。花梨の姉があの方の？」

瑶太のつぶやきを拾った花梨はムッとした顔をする。

「そんなはずないじゃない。あのお姉ちゃんが花嫁に選ばれるなんて」

花梨には矜持がある。

花嫁とは選ばれた特別な存在。そう言われ大切にされてきた花梨は、姉が自分と同じ花嫁だということを享受できなかった。

「瑶太君、先ほどの男はどういう者なんだい？　鬼龍院と言っていたが、本当なのか？」

おずおずと問いかける父親に、瑶太がその答えを返す。

「ええ、本当です。あの方は鬼龍院玲夜様。あやかしを取りまとめる鬼龍院家の次期当主。あやかしの頂点に立つ鬼のあやかしです」

「そんな方が、柚子を花嫁に!?」

口を押さえて驚く母親は、驚きの中にも喜色が見えた。

柚子にあれだけの我慢をしていていながら、自分の娘が選ばれたことが嬉しいのか。

そんな母親に、花梨は強い口調で反論する。

「お母さん! そんな人がお姉ちゃんを花嫁に選ぶわけないじゃない。きっとお姉ちゃんがあることとないこと言って同情をかって、助けてもらっただけじゃないの!?」

「あの方はそんな甘い方じゃない。花嫁でもない限り、目の前で人が行き倒れていても道端の石ころのように通り過ぎる方だ」

瑶太は知っている。普段の玲夜の無情さを。

「けど、あり得ない。お姉ちゃんが花嫁なんておかしいもの。しかも鬼の花嫁だなんて……」

花嫁を選ぶのはあやかしだ。花梨がどう思おうと関係はない。

けれど、花梨は瑶太より上位のあやかしに姉が選ばれたことが信じられない。

これまで下に見ていた姉が。

「あなた、柚子をどうにか家に戻せないの? 養子縁組だなんて、あの子は私たちの娘なのに」

「だが、すでにサインをしてしまった」

「今まであの子を育ててきたのは私たちよ。あの子だって今は意地を張ってるだけで、育ててきたのは私たちだってちゃんと分かっているはずよ。ちょっと花梨に嫉妬してるだけなのよ、きっと」

母親の目に浮かぶのは欲望。すでに瑶太の家から援助してもらっているが、鬼龍院ともなればそれ以上の見返りがあるはず。そう考えているのだ。

それに、自分の産んだ娘ふたりともが花嫁に選ばれたという優越感。これまでしてきたことなど忘れ、なんとかして柚子を手元に戻せないかと考え始めた。

「だがな……」

父親はためらうように考え込んだ後、自分ではどうにもできないと悟り、瑶太にその眼差しを向ける。

「瑶太君、なんとかならないか？」

「瑶太、なんとかして」

相手は鬼龍院。リスクが高すぎる。父親の願いを叶《かな》える道理はない。

けれど、愛しい花嫁である花梨の懇願を無視できない。

できれば叶えてやりたい。

「分かった……。花梨が望むなら」

花嫁を得たあやかしの悲しい性《さが》。

花梨はただただ姉が自分より優位に立つことが許せないだけであり、瑶太もそれをなんとなく理解はしていても、花嫁の願いなら叶えてやりたくなるのだ。

それが、玲夜の逆鱗《げきりん》に触れると分かっていても。

2章

柚子が玲夜に連れてこられた屋敷。

ここは鬼龍院の本家ではなく、玲夜個人の自宅である。

それ故、鬼龍院当主である玲夜の父親と母親は本宅の方で暮らしており、ここには玲夜とその使用人しかいない。

とても個人の自宅とは思えない大きな屋敷にあんぐりしながら、本家の屋敷はここの何倍もあると教えられ、鬼龍院の財力に怯えすら感じる。

本当に自分がこんな人の花嫁なのだろうか。間違ってはいないかと疑いたくなるのも仕方ない。人にはあやかしのように花嫁と感じる感覚はないのだから。

信じていいのだろうか……。

この期に及んでそんなことを考えてしまう自分を柚子は嫌になるが、いきなり別れを告げてきた元カレのように、花梨を優先してきた数多くの人たちのように、玲夜もいつか柚子をいらないと言うのではないかと恐れている。

その心の内を玲夜が知れば、真実鬼のように怒っただろうが、あいにく柚子の内心の迷いは、新しい環境への戸惑いと勘違いされたようだ。

「柚子はなにも心配しなくていい。お前は俺の花嫁。今日からお前がこの家の女主人だ。用があれば近くにいる者になんでも聞けばいいから」

「う、うん……」

女主人だなどと急に言われても、はいそうですかと、簡単に受け入れるのは難しい。

けれど、屋敷の中で柚子を出迎えてくれた使用人たちの顔を見る限りでは、歓迎されているのを感じられて少し安堵する。

朝食を食べた座敷に通されると、座敷の上座に玲夜がどかりと座る。

その隣に柚子は目を丸くして座った。

柚子が驚いていたのは、広い座敷を埋めるように、たくさんの人が正座し頭を下げた状態で柚子たちを迎えたからだ。

その中で一番前に座っていた老年の男性が声をあげる。

「このたびは花嫁様をお迎えすることができ、使用人一同心よりお喜び申し上げます」

「頭を上げろ」

玲夜のひと言で頭を上げた全員の視線が柚子に集まっている気がして居心地が悪くなる。

「今日からここで暮らすことになる俺の花嫁の柚子だ」

「よ、よろしくお願いします」

最初の挨拶は必要だと、柚子も手をついて頭を下げようとしたが、それを玲夜に制された。

不思議に思っていると、老年の男性が苦笑を浮かべる。

「花嫁様は我らの主人の花嫁、私どもに頭を下げる必要はございません」

柚子には分からないがそういうもののようだ。

けれど、偉ぶるのは慣れなく、時間がかかりそうである。

「花嫁様にご挨拶と紹介をしたいと思いますが、よろしいですか？」

「えっはい、どうぞ……」

「ありがとうございます。まず、私は使用人頭をしております道空《どうくう》と申します。そして……」

使用人頭という老年の男性、道空が視線を後ろに向けると、ひとりの女性が前に進み出てきた。

「こちら、今日より花嫁様のお世話をさせていただく、雪乃《ゆきの》と申します」

「雪乃でございます。誠心誠意お仕えさせていただきます」

頬を上気させてやる気をみなぎらせている女性には見覚えがあった。

「あっ、最初にお世話してくれた人」

昨日初めてこの家に来た時に、部屋まで案内してくれた女性だった。

「覚えていてくださって光栄です！」

喜色を浮かべる雪乃。

しかし柚子は、その時他の女性使用人たちが悔しげに歯をぎりぎりさせていたのには気が付かなかった。

花嫁の世話係の座を巡って、朝から壮絶な死闘があったことも。

それを勝ち上がった雪乃は、分家のそのまた分家の出だが、花嫁の世話係を勝ち取る程度には霊力も戦闘力も強いということも。

「柚子の部屋は整えてあるな？」

「はい、旦那様。鬼龍院の威信をかけて最高級のものを取りそろえました」

普通でいいんですけど……と思った柚子は、部屋を用意してくれるのは嬉しいが、見るのが怖くなった。

部屋ひとつに鬼龍院の威信などかけなくていいと思うものの、玲夜は満足そうだ。

細々と玲夜と使用人頭が話を合わせていると、玲夜の秘書の高道が入ってきて玲夜にひそひそと話す。

チッと舌打ちした玲夜は、次の瞬間には柚子へ、それは優しい顔を向ける。

「すまない、柚子。本当は一緒にいてやりたかったが、本家から呼び出された」

「本家？」

「ああ。恐らく花嫁に関して報告に来いということだろう。だから少し出てくるが、柚子はゆっくりしているといい」

「うん」

急に知らない中に放り出されたような気になってしまい、柚子の顔が曇る。

そんな柚子の頭を優しく撫でる玲夜。

「いい子にしているんだぞ」

「子供じゃないのに」

玲夜はふっと笑って、今度は優しさの欠片《かけら》もない眼差しを使用人一同へ向ける。

「これからは柚子の言葉は俺の言葉と思って接しろ」

使用人たちは御意というようにそろって頭を下げた。


出かける玲夜を見送った柚子は、雪乃に案内されて柚子のために用意された部屋へ。

そこは今朝と同じ、玲夜の隣の部屋だった。

まるで高級ホテルの一室のような高級感漂う雰囲気だったそこは、なんともガーリーな部屋へと一新していた。

あまりの変わりように、別の部屋かと勘違いするほど。

「お気に召しませんでしたか？」

無言でいた柚子の様子に不安げにする雪乃。

柚子は慌てて首を横に振った。

「いえ、そんなことありません。とってもかわいいです」

かわいすぎて、本当にこの部屋を使っていいのか戸惑いを覚えるほどだ。

「お気に召していただけたならよかったです。使用人一同で整えたかいがあります」

ふんわりと笑う雪乃は、さすが鬼のあやかしと納得してしまうほど美しい。

まあ、美しさで言えば玲夜が飛び抜けているが、使用人たちも皆容姿が整っていて、その中に交じっている柚子の場違い感が半端ない。

今後、幾度となく容姿に対する劣等感に苛《さいな》まれそうである。

とりあえずそれは今のところ置いておいて、部屋の中を見て回る。

テーブルとベッドにソファー、その上にあるクッションやラグに至るまでかわいらしい色合いで、勉強机にはノートや筆記用具といったものまで準備されていた。

そして、部屋には専用のシャワー室まで完備。洗面所には高校生の柚子にはとても手が出せない高級化粧品もある。

「………」

さらに別の扉があったので開けると、そこはウォークインクローゼットになっており、今まで暮らしていた家の柚子の部屋ぐらいありそうなスペースに、所狭しと服や鞄、靴といったものが並べられていた。

柚子は自分の顔が引きつっていくのが分かる。

念のため聞いてみる。

「あの、ここにあるものって……」

「もちろん、花嫁様のためにご用意いたしました。お好きにお使いください」

「そ、そうですか……」

ニコニコと微笑む雪乃に、それ以上のことを言えず、柚子はそっと扉を閉めた。

鬼龍院。

そのすごさは分かっていたが、半端ない。

朝、この家を出て帰ってくるまでにこれだけのものを用意するのだから。

しかもこんな小娘に、過ぎるほどのものを与えるなんて。

「なにかご用がありましたらお呼びください」

そう言って部屋を出ていく雪乃。

ひとりになってようやくひと息つくことができた。

いや、ひとりではなかった。

肩に乗っていた子鬼のふたりが、柚子から下りてベッドの上でぴょんぴょん跳びはねて遊び始めた。

柚子はソファーに座ってそれを微笑ましく見ている。

ふと、視線を彷徨《さまよ》わせると、壁に掛けられたカレンダーが目に入った。

それを何気なく見ていた柚子は、一拍の後……。

「……あぁぁぁ！」

今日の日にちを思い出して大きな声をあげた。

なんだかんだで忘れていたが、今日は平日。そう、普通に学校がある日だ。

家から持ってきた鞄をひっくり返すと出てきたスマホ。

充電の切れたスマホの画面は真っ暗で、慌てて充電器につないで電源を入れると、何件もの通知が来ている。着信も何件も。

それらすべて学校の友人たち。特に多いのは透子からだ。皆柚子を心配するもので、全然連絡を返さない柚子にだんだん心配度が増していくのが文面で分かる。

慌てて全員に無事なことを返信して、時間を確認すると、すでに学校は終わっていた。

そうなると今度は別の問題が。

「バイト！」

そう、今日はバイトを入れている日でもあった。学校はもう間に合わないが、バイトならまだ間に合う。

急いで準備をした柚子は鞄を持って部屋を飛び出した。

迷いそうになるほどに広い玲夜の屋敷をドタバタと走る柚子に、誰もが目を丸くする。

一目散に玄関に向かい、大急ぎで靴を履いた柚子のもとに、焦りの色を隠せない雪乃と使用人頭がやってきた。

「花嫁様、どうなさいました!?」

「ちょっと、出てきます」

「えっ、どちらに!?」

その問いに丁寧に答える時間も惜しい柚子は、「ちょっとそこまで!」とだけ言い捨てて、屋敷を飛び出していった。

ぽかんとその様子を見ていた使用人頭は、はっと我に返り。

「誰か、花嫁様を追え! いや、旦那様にもご連絡を……」

「花嫁様ー!」

突然飛び出していった柚子に、使用人たちはパニックになることとなった。

バイト先であるカフェに到着した柚子は、時計を見てギリギリセーフと安堵する。

なんとか間に合った。

しかし、そこで柚子は店長から驚愕の話を聞かせられる。

「えっ? もう一度お願いします」

「だからさ、君辞めたことになっているけど?」

「どういうことですか!?」

「それはこっちが聞きたいよ。今日突然君の保護者から連絡があって、バイトは辞めさせるって言われたんだよ。困るんだよね、シフトも組んであるのにさ」

「そんなはず……」

そんなはずないとは言い切れなかった。

あの両親がなにかの嫌がらせでそんなことを言い出したのかも。

柚子はそう思った。

「多分なにかの手違いだと思います。だから働かせてください」

「もう別の子にシフト入ってもらったんだよね。それに、君未成年でしょう。雇うには保護者の同意がいるんだけど、その保護者が辞めさせるって言うならこっちとしては雇えないよ」

ド正論を言われて柚子はあたふたする。

これまでの保護者は両親だ。けれど、養子縁組したから、これからは祖父母になるのか。ならば、祖父母の同意が必要になる。

「すぐ、保護者の同意書持ってきます。そしたら雇ってもらえますか!?」

しかし、どうも店長の反応はよくない。

「うーん、今まで真面目にやってくれていたし雇ってあげたいけど、君が辞めるっていうんで求人の張り紙出したらすぐに働きたいって子が見つかってね。もう雇うことになったから悪いんだけど」

「そんな……」

ここは仕事内容のわりに時給がいいバイトだった。

学校からも近くて通いやすい。条件もよく、なにより制服がめちゃくちゃかわいいことで、柚子の学校の生徒の間でも働きたいと人気の店だった。なので、すぐに働きたいという人が見つかるのも頷ける。

頷けるだけに、ここを辞めなくてはならないのはかなり痛い。

しばらく粘ったがどうにもならず、肩を落としてその場を後にした。

あてもなくうろうろ歩き回る。

「どうしよう……」

職を失ってしまった。また探せばいいのだろうが、これまでのバイトほど条件と時給のいいところはなかなかない。

スマホで検索してみたが、いいものは見つからない。

とうとう頭を抱えだした柚子は、それ以上の問題があることに気付く。

そもそも学校には通い続けられるのかということだ。

これまでノートや筆記用具などは柚子がバイト代から出していたが、学費はさすが

に両親が払っていた。けれど、両親と縁を切った以上、両親には頼れない。かといっ
て、年金暮らしの祖父母にも頼れない。
学校に通いながら学費を稼げるのか。バイト先をなくしてしまったし、もしかした
ら学校は辞めなければならないかもしれない。
「どうしよう……」
次から次へと問題が起きて、柚子はもう半泣きだ。
そんな時にタイミングよく電話が鳴る。見ると透子からだった。
すぐに電話に出た柚子からは情けない声が出る。
「透子～」
『なに、どうしたのよ。っていうか、今日なんで休んだの？　風邪？　でも昨日まで
ピンピンしてたじゃない』
「私もなにがなんだか。急に花嫁とか言われるし、玲夜は綺麗だし、子鬼はかわいい
し、お祖父ちゃんたちの子供になっちゃうし、学校は辞めなきゃいけないかもだし」
『ちょちょ、ちょい待ち！』
息もつかせぬ柚子の弾丸トークに、透子の制止が入る。
『いや、全っ然言ってる意味分かんないわよ』
「話せば長いのよ」

『柚子今どこにいるの？』

「バイト先近くの公園。色々ありすぎてもう泣きそう、っていうか泣く」

『分かった、分かった。そこからなら私の家も近いでしょう。こっち来て説明して。ちゃんと話聞いてあげるから』

「すぐ行きます！」

柚子は電話を切って目的地に向かった。

透子が暮らしている家は、実際には透子の家ではない。

透子が東吉の花嫁となってから、透子は東吉の家である猫田家で暮らしている。

基本花嫁は大事にされるし、あやかしは花嫁が目の届かないところに行くのを嫌うので、花嫁に選ばれるとあやかしの家で暮らすことが多いようだ。

花梨の場合は両親と離れたくないと駄々をこねた結果、瑶太が折れたようで、変わらず家族と共に暮らしていたが、瑶太は時間さえあれば花梨の様子を見に来ていた。

そんな例外がありつつも、多くの花嫁と同じようにあやかしの家で囲われている透子は、その家では女帝のように君臨している。

東吉が尻に敷かれているとも言うが……。

自分の両親とも頻繁に会ってもいるようで、そこはうまいこと両立させているようだ。

猫田家も例に漏れず資産家で、その家は屋敷と言って相違ない大きさである。初めて遊びに来た時には、その大きさに圧倒されたのだが、玲夜の屋敷を見た後では小さく感じてしまうから不思議だ。

鬼龍院次期当主の家と比べること自体かわいそうなのかもしれないが、猫田家は一般家庭から考えれば十分大きい成功者の家だ。

そんな家の前に立った柚子はインターホンを鳴らす。

すると、自動で門が開き、柚子を招き入れる。

何度か来たことのある柚子は特に驚くこともなく中に入っていくのだが、玄関前まで来るとなにやら中が騒がしい。ドタバタと人が走り回っている音が聞こえる。

頭に疑問符を浮かべ玄関の戸を開けると、東吉が走り込んできた。

その顔は焦りとわずかな怯えで強張っていた。

柚子の顔を見るとほっとした表情を浮かべたが、それも一瞬のこと。

柚子をじっと見つめたまま、目を見開き再び怯えを見せた。

「お、おま、お前……」

「こんにちは、にゃん吉君」

「お前、なんちゅうもんくっつけてんだぁぁ!!」

「はい？」

東吉に指をさされた柚子は首をかしげた。

自分の体を確認してみるがなにもくっついてはいない。

子鬼たちも家に置いてきたので、肩にもなにも乗ってはいない。

「なに言ってるの？」

「なにじゃないだろうが、そんなに鬼の気配体中からさせておいて！　どこでつけてきた!?　その気配のせいで鬼が来たかと屋敷中大騒ぎだぞ。俺たち猫又はそんな強いあやかしじゃないんだ。そんな強い鬼の気配なんかしたら恐慌状態になるに決まってるだろ」

「は？」

鬼の気配。

そう言われても柚子はなにも感じない。

けれど、鬼に心当たりがないわけではない。

きっとあやかしにしか分からないなにかがあるのだろう。

「なに騒いでるのよ、にゃん吉！」

どう説明したものかと悩んでいると、横から透子の声が。

「柚子が来たなら私の部屋に連れてきてよ」

「いや、今それどころじゃねえんだよ。こいつから鬼の気配がしててだな……」

「鬼？」

透子は怪訝《けげん》な表情をした後、柚子に視線を向けた。

「なにかあったの？」

「話せば長いことながら……」

「なら、部屋で話しましょう。にゃん吉、お茶持ってきて」

当然のように東吉を顎で使う透子。下僕な東吉は文句も言わず粛々と従う。

「……分かった」

キッチンへと向かった東吉は、すれ違う家の者たちに大丈夫だと伝えて回り、ようやく猫田家は落ち着きを取り戻した。

透子の部屋に行くと、テーブルを挟んで向かい合って座る。

「そういえば柚子、今日はバイトだったんじゃないの？　休んだの？」

「それが……辞めさせられました……」

柚子が言いづらそうに言うと、透子は、「はぁぁ!?」と声をあげた。

「なんで!?」

「保護者から辞めさせるって電話があったらしくって」

「それって柚子の両親が？」

「分かんないけど、多分そうじゃないかな」

「なんでそんなことするのよ、意味分かんない」

「それが、私、お祖父ちゃんたちと養子縁組して、あの家出ることになったの。だから、その嫌がらせかも」

「養子縁組？　なんで急に。昨日までそんなことひと言も言ってなかったじゃない」

「……ほんとだよねえ。急すぎて私もついていけてない」

昨日から今日までを振り返ってしみじみとする柚子。

まったくどうしてこうなったのか、展開が早すぎてまだ夢の中のようだ。

もしかしたら自分の希望が生み出した夢ではないかと勘違いしてしまいそうになる。

けれど、玲夜に抱きしめられたあの温もりは確かに現実だった。

部屋の扉がノックされ、東吉が三人分のお茶とお菓子を持って入ってきた。

テーブルに置くと、透子の隣に腰を下ろす。

東吉もそろったところで、改めて透子が聞く。

「なにがあったか、一から説明してよ」

「うん。それが、花梨と大喧嘩しちゃって」

「珍しいわね。っていうか初めてじゃない？」

あの家でのことを透子は知っていた。柚子から相談されたことや、悲しむ柚子を慰めたこともあり、ある程度のことは把握していた。

けれど、所詮他人でしかない透子は話を聞いてあげることしかできず、だんだんとあきらめの色を濃くしていく柚子になにもしてあげられないことを悔やんでいた。

家族の話をする時、どこか暗い色を見せる柚子が、今は吹っ切れたように自然な表情をしていることに透子は気付き、内心かなり驚いた。

たった一日でなにがあったのか。これほどまでに柚子を変えてしまうなにかがあったのは確かだった。

「お祖父ちゃんからもらった誕プレの服を破られて思わず叩いちゃったのね」

「おっ、とうとうやったか」

東吉が口角を上げて茶化す。

東吉も事情を知るひとり。花嫁である透子へ向けるほどの関心はないが、友人のひとり程度には好意を持たれていると柚子は感じているので、柚子の家での扱いには思うところがあったのかもしれない。花梨を叩いたと聞いてちょっと嬉しそうだ。

「そしたら花梨至上主義のあの彼氏に燃やされちゃって」

「はあ!?」

軽く言ったつもりだったが、燃やされたという言葉に透子の目が吊《つ》り上がる。

「にゃん吉、今すぐあのクソ狐殺ってこい」

「無茶言うなよ、猫又が妖狐に勝てるわけないだろ。瞬殺されるぞ」

あやかしのことは柚子には分からないが、猫又はあやかしの中ではあまり強くはないようだ。

「けど、燃やされたわりにはお前から狐の霊力感じないな。というか、鬼の気配が強すぎ」

「そんなのどうでもいいわよ。燃やされたなんて、怪我してないの？」

「手を火傷したんだけどね、玲夜が治してくれて、この通り」

心から心配してくれる透子の気遣いに心を温かくしながら、火傷していた手を見せる。

「玲夜？」

知らない名前に透子が首をかしげる。

「うん、玲夜。その喧嘩の後に家飛び出しちゃって、途方に暮れていたらその玲夜と出会って。そしたらその玲夜が私のことを花嫁だって」

「えー、本当!?　柚子も花嫁だったの？　ってことはその人もあやかしってことよね」

「うん、そう。玲夜は……」

玲夜の説明をしようとしたところで、東吉が口を挟む。

「……ちょっと待て。さっきから玲夜玲夜と言っているが、まさか鬼龍院の玲夜様じゃないだろうな……？」

東吉の顔色は悪く、違うと言ってくれとその顔が告げていた。

「そうだけど？」

「マジかぁぁ！」

「にゃん吉うるさい！」

絶叫する東吉は透子に怒られるが、そんなことを気にしていられる状態ではないようだ。

「おおおお、お前が鬼龍院の若様の花嫁だとぉ！」

「にゃん吉君、動揺しすぎ」

「これが動揺せずにいられるか！　鬼龍院だぞ！　次期当主だぞ！　あやかしの中で二番目に偉い方なんだぞ！」

ちなみに一番は当主である玲夜の父親だ。

「鬼龍院なら私でも知ってるわ。そんな人が柚子を花嫁にねぇ」

「まだ実感はないいんだけどね」

苦笑を浮かべる柚子。

「なに言ってるのよ、そんな人に花嫁に選ばれるなんて光栄なことじゃない。もっとふんぞり返ったらいいわよ。そして、あの親や小娘にざまあみろと高笑いしてやったらいいわ。ついでにクソ狐にもね」

「それは玲夜がやってくれた。さすがに高笑いはしてないけど、両親と縁を切るように、お祖父ちゃんたちと養子縁組の手続きしてくれて」

「そりゃまた思い切ったわね。柚子の性格からして、なんだかんだで切れないでいると思ってた」

「思い切れたのは玲夜のおかげかも。結果的にはなんかスッキリしてる」

「そう。柚子がそれでいいならよかったわ。私はなにもしてあげられなかったから、ちゃんと柚子を守ってくれる人ができてよかった」

「透子は私の愚痴も聞いてくれたじゃない。それがどんなに救われたか」

「柚子……」

がしっと抱き合った柚子と透子。

お互いの友情を確かめ合っていると、横から腕が伸びてきて透子がさらわれた。

簡単に透子を奪い返した東吉は不機嫌そうな顔をしている。

あやかしというものは、それがいくら女同士の友情だとしても、花嫁を取られるのは我慢がならないらしい。

透子はやれやれという顔をしているが、文句は言わず大人しく東吉の腕の中に収まっている。

それを羨ましい思いで見る柚子。

重いほどに深く愛される透子と、そんな東吉を必要としている透子。

そんなふたりの関係を羨ましく思っていた。いや、妬ましいと思ったことすらある。

そして友人にそう感じてしまう自分を嫌になったこともある。

けれど、柚子にも玲夜という存在が現れた。

透子を必要とする東吉のように、柚子を必要とする玲夜がいる。

あの時、「あなたは私を愛してくれる?」という問いに頷いた玲夜は、その答えを違えることなく柚子を深く愛してくれるのだろうか。

玲夜の存在は柚子の心を強くしたと同時に、透子と東吉のふたりを微笑ましく見ることができる心の余裕も与えた。

透子を取り返して満足した東吉に解放された透子から素朴な疑問が。

「お祖父さんたちと養子縁組したならあの家は出たの?」

「うん。あの家は出て、これからは玲夜の家でお世話になることになった」

「まあ、それが妥当だろ」

東吉は当然という顔をしているが、柚子はまだ気が引けている。

けれど、祖父母からも快く送り出されてしまっては嫌だとは言い出せなかった。

玲夜も押しが強いので、なおさらだ。

「っていうか、お前ひとりで来たみたいだけど、ちゃんとここに来ること言ってきたんだろうな？」

「言ってないけど？」

そう言うと、「アホか！」という怒声を浴びせられた。

「そんな怒らなくても」

「あのなぁ、きっと今頃鬼龍院の家は大騒ぎになってるぞ」

「なんで？」

分かっていない様子の柚子に、東吉は深いため息をついた。

「……まだ花嫁になりたてだから分からないのも仕方ないか」

頭をポリポリとかいて、東吉は少し怒りを静めた。

「あのなぁ、あやかしと言っても一枚岩じゃないんだよ。敵対している家同士もあれば、どうにかして足元をすくってやろうと野心を持っている家もある。だけど、基本力が上の一族には手を出したりしない。特に鬼なんか返り討ちされるのが目に見えているからな。でもそんな鬼に一矢報いる方法がある」

「なに？」

「花嫁を奪うことだ」

「…………」

「右に出る者がいないほど強い霊力を持つ鬼だが、花嫁は力のないただの人間。花嫁は一族に繁栄をもたらす希望であると同時に、唯一の弱みにもなるんだ。そんな花嫁がほいほいその辺をひとりで歩いていたらどうする？」

「かなりまずい？」

「まずいなんてもんじゃ済まない。あやかしの中じゃ下位にある俺の花嫁である透子にだって、常時護衛をつけているんだ。鬼龍院の花嫁なんて、野心がある奴らが狙わないはずないだろう。まあ、まだ周知されてないから平気だったんだろうが、これからは気を付けろ。お前は鬼龍院の唯一の弱みになったんだ」

「…………」

そんなつもりはなかった。

ただ、必要とされたくて。必要としてくれたことが嬉しくて。

ただそれだけだったのに、自分が知らないところで物事が大きくなっていたことに、柚子はようやく気付いたのだ。

「だから、弱みになるお前を迎えることを嫌がる一族の奴もいると思う。そこは覚悟しておいた方がいいぞ。花嫁は歓迎されるだけじゃないんだ。強いあやかしであればあるほどな」

「……うん」

柚子は自分が浮かれすぎていたことを反省した。

花嫁なら幸せになれると、そう単純に思っていたのだが、そんな単純なものではなかったのだ。

現実はそう甘くないことを知った柚子は目に見えてしょんぼりとした。

「まあ、鬼の一族の逆鱗に触れたい自殺志願者はそういないとは思うが、どの世界にも馬鹿はいるから気を付けとけよ。とりあえず鬼龍院に連絡しろ。無事だって」

「う、うん」

屋敷を飛び出してきてしまったことを申し訳なく思いながら、柚子はスマホを取り出そうと鞄を掴んだ。

横のポケットに入れていたスマホを取ろうとすると、なぜか鞄の本体が自然と開いた。そして……。

「あい！」

「あいあい！」

鞄からひょっこりと顔を出したふたりの子鬼に柚子は目を丸くした。

「えっ、いつの間に」

いつから入っていたのか、屋敷に置いてきたはずの子鬼たちが。

「やだ、なにその子たち。かわいい」

透子が目を輝かせる一方で、東吉は顔が強張っている。

「ねえ、柚子なに？　そのかわいいの」

「えっと、使役獣？　とか言ってたかな。あやかしが霊力で作るんだって玲夜が」

「私も欲しい！　にゃん吉作って！」

「いや、お前ら簡単に言うけど、使役獣ってそんな簡単に作れるものじゃないからな」

「そうなの？」

玲夜の様子の限りでは簡単に作った感じであったが。

「鬼と猫又を一緒にするんじゃねぇよ。意思を持った使役獣なんて半端ない霊力が必要になるんだぞ。しかも出せるのはしばらくの間だけだ。なのになんだよそいつらの霊力の強さ。どんだけ霊力込めて作られてんだ。俺が作ろうと思ったら干からびるぞ」

それでも足りないと愚痴る東吉に、透子は残念そう。

「えー、私も欲しかったのに」

「うちの猫どもで我慢しとけ」

猫又の家だけあって、この屋敷には猫がたくさんいる。猫好きにはパラダイスみたいな猫屋敷だが、あいにく透子は犬派のため、猫がたくさんいることで他の動物が飼えないことがちょっと不満だった。

「ところで、連絡は？」

「そうだった……あっ」

鬼龍院の家に連絡をと思ったところで思い出した。

「どうしたの？」

「私、玲夜の連絡先も鬼龍院の家の電話番号も知らないや」

「お前なぁ」

東吉があきれた顔をする。

「仕方ないじゃない、昨日の今日だよ？　聞く暇なんてないぐらいあっという間の出来事だったんだもの。でもお祖父ちゃんなら知ってるかな？　玲夜の秘書の人と連絡取っていたみたいだから」

「それならこちらから連絡した方がいいかもな。その方が早いだろ」

「ならさっさとしてきてよ、にゃん吉」

「へいへい」

透子に促されて、立ち上がった東吉はそのまま部屋を出ていった。

「あい」

黒髪の子鬼が透子のところに行き、にぱっと笑う。そのかわいらしさに、透子はノックアウトされた。

「なんてかわいいの～」

透子が手を差し出すと、人差し指を握って握手する。それを見ていた白髪の子鬼も透子のところに行き握手をしていた。

玲夜の霊力から作られた使役獣だが、製作者と違って愛想がいいようだ。

透子はひと通り子鬼とたわむれて満足し、子鬼も柚子のもとに戻ってきていつものように肩に落ち着いた。

「そういえば、学校辞めないといけないとか言ってたわね？」

「あー、うん」

そのことをすっかり忘れていた柚子は再び落ち込んだ。

「バイト、辞めることになっちゃったでしょう？　でも両親とは縁切ったし、お祖父ちゃんたちは年金暮らしで頼れないし。そしたら学費払えなくなっちゃうから……。割のいいバイトが見つかったらいいんだけど」

「でもさ、そもそもバイトなんてさせてくれないんじゃないの？　私だって何度か頼んだけどさせてくれないもの。にゃん吉のくせにそこは頑固一徹なのよね」

先ほどの東吉の話。

花嫁は弱みになると言われてしまえば、不用意な外出は許されなさそうだし、柚子もお世話になっている以上、迷惑をかけるようなことはしたくない。

そうなれば学校は辞める一択になってしまう。

「柚子を花嫁に選んだ鬼龍院の若様、だっけ？　その人にお金出してもらえばいいじゃない」

「うー。でも、ただでさえ生活を頼ることになっているのに、学費まで出してもらうのは気が引けるというか」

玲夜はすべて面倒見ると言っていたが、やはり昨日初めて会った人間にそこまで頼るのは気が引けてしまう。柚子なりに葛藤がある。

「花嫁なんだし頼ればいいのよ」

「うーん」

「相手はあの鬼龍院でしょう。公立学校の学費なんて微々たるものじゃない」

「金額の問題じゃないんだけど」

柚子はどこかで恐れているのだ。玲夜の花嫁に選ばれて嬉しく思うと同時に、まだ心の中でくすぶる疑いの気持ちが存在していた。

あやかしは花嫁を大切にするものだと聞いているが、それは本当なのかという疑問。

あやかしのことをそれほど知らない柚子には分からなかった。

例外はないのか。

もし、いらなくなるようなことがあったら。

玲夜から必要ないとあの家を追い出されてしまったら。

そう思う心がすべてを預けきることをためらわせる。

だからこそ、玲夜に頼らずに済むことは自分の力でしたかった。

もし、いらないと言われる日が来ても、ちゃんと自分の足で立てるように。

そう思っていたが、そんなものはいらぬ心配だということを人間である柚子は分からない。

あやかしが花嫁を思う気持ちは人間が思っているよりずっと深く重いのだ。

そのことを柚子が理解するにはまだ少し時間が必要だった。

「一応相談してみたら？」

「そうだね、そうしてみる」

もしかしたらバイトを許してくれるかもしれないし、と柚子は楽観的に考えることにした。

「あいー！」

子鬼がピクリとなにかに反応したと思ったら、ふたりして扉の方へ猛ダッシュする。

そしてその扉の前でなにか訴えながらぴょんぴょんと飛び跳ねる。

「どうしたの？」

「部屋から出たいのかしら？」

そう思って扉を開けてあげようとしたら、先に扉が開き東吉が姿を見せた。

その顔色は悪く、なにかに怯えているようにも見える。

「あいあーい」

「あいあい！」

子鬼たちの声に導かれて視線を向けると、子鬼が東吉の後ろにいた人物の足にコアラのようにしがみついている。その顔は嬉しそうで。

柚子は下に向けていた視線を上げ、その人物の顔を確認すると目を丸くした。

「玲夜？」

なぜここに？と思っていると、玲夜は美しい顔に笑みを浮かべて柚子だけをその目に映した。

「迎えに来た」

優しさの中に甘さを含んだ玲夜の囁《ささや》きに柚子は頬を染めた。

甘やかされることに慣れていない柚子には、玲夜から向けられる甘さは少し刺激が強い。

「早くない？　だってさっきにゃん吉君が連絡しに行ったところなのに」

「これがいるからな」

そう言って指差したのは、ふたりの子鬼。

「これは俺の霊力の塊《かたまり》だ。移動すればそれがどこにいるか俺には分かる」

「……GPS機能付き」

ちょっと違うが、要はそういうことだろう。いつの間にか首輪をつけられていたようだ。

「あの、ごめんなさい。勝手に飛び出してきちゃって」

「問題ない。そのためにこれを作ったんだからな」

「あい！」

「あい！」

子鬼たちが元気よく手を上げる。

「こいつらは柚子の護衛も兼ねている。小さいがそこらのあやかしよりは強い」

「あいー」

子鬼たちはどこかドヤ顔だ。

「そうなんだ。でも屋敷の人たちは私が出ていって大騒ぎだろうってにゃん吉君が」

東吉に視線を向けると、話をこっちに振るなというように首をブンブン横に振っている。

よく分からない柚子は首をかしげる。

「確かに屋敷の者から慌てた様子で電話がかかってきたな」

「やっぱり……」

東吉の言ったように大騒ぎになっていたことを知り、柚子は申し訳なくなる。

そんな柚子の頭を慰めるように撫でる玲夜。

「お前がそんなことを気にする必要はない」

それならバイトも許可してくれるかもしれないと思っていると、服の裾を引っ張られた。後ろを見ると、頬を染めた透子が期待に満ちた眼差しで見ていた。

「透子？」

「紹介してよ」

声を潜めながらそう言われる。

「う、うん。……あの、玲夜、この子透子って言って私の友達。で、そっちにいるにゃん吉君の花嫁ね」

「透子ですぅ。はじめまして」

東吉の前では絶対に出さないような猫なで声で玲夜に挨拶をする透子は完璧に乙女になっている。

「そうか。これからも柚子と仲良くしてやってくれ」

「はい！」

玲夜は柚子に対するのとは違って冷たい。

しかし、秘書の高道が見ていたら最大限の愛想を振りまいていたと言うだろう。それぐらい普段の玲夜は愛想がない。

玲夜が優しいのは柚子にだけなのだ。

それを分かっている東吉は戦々恐々として、透子を玲夜から引き離した。

「なにするのよ、にゃん吉」

「鬼龍院様に失礼なことするなよ！」

「挨拶しただけじゃない」

「それが失礼になるかもしれないだろう。というか、なんだその顔、その声。俺の前でもそんな顔しないくせに。もっと俺の前でも女らしく頬染めて媚《こ》びてみやがれ」

「今さらにゃん吉に媚びるわけないでしょうが。こんな美形、次いつお目にかかれるか分かんないんだからいいじゃない」

透子は再び玲夜をじっと見つめてぽつりとつぶやく。

「ああ、イケメン。神が生み出したもうた美の塊だわ」

ほうとため息が出るほど見惚れている透子が東吉は気に食わないようだが、相手が相手なため、文句も言えず葛藤している。

このままでは東吉が不憫《ふびん》なので、柚子はさっさとおいとますることにした。

「玲夜も迎えに来てくれたし、私そろそろ帰るね」

「もう帰るの？」

「じゃないと、にゃん吉君がやきもち焼きすぎて不憫だからね」

「にゃん吉なんか放っておけばいいのに」

「透子もほどほどにね」

「ちゃんと見極めてるから大丈夫よ」

意地悪く口角を上げる透子。なんだかんだで仲のいいふたりに柚子は苦笑する。

東吉の反応を見て楽しむのは透子の悪い癖だ。

「じゃあね」

「また遊びに来てよ」

「おー、またな」

ふたりに挨拶をして、柚子は玲夜を伴って猫田家を後にした。


屋敷へと帰る車の中。広さは十分なのに、なぜか玲夜の膝の上に抱っこ状態の柚子は居心地を悪くしていた。

逆に玲夜は上機嫌であった。あまり表情には出ないが空気が柔らかい。

言うなら今かと意を決した。

「あのね、玲夜」

「どうした？」

「バイトしてもいい？　なんでか分からないけど、今まで働いていたバイト先辞めさせられちゃったから、これから探すことになるんだけど」

「ああ、辞めるように伝えさせたのは俺だ」

「えっ？」

柚子は目を見開いて驚く。

「どうして!?」

「必要ないだろう。働かずとも金銭的な不自由をさせるつもりはない」

「だけど、働かないと学費とか払えないし……」

「それは俺が払っておくから問題ない」

「でも、玲夜にそこまでしてもらうわけには……。生活面でも頼っているわけだし」

「そんなことを気にする必要はない。柚子のことはすべて俺が面倒を見る」

「そこまで玲夜に頼りたくない」

頼ってしまったら引き返せなくなる。玲夜は柚子を甘やかすから、このままではひとりでは立てなくなるのではないかと思ってしまう。

それは柚子にとってひどく怖いことだった。

けれど、玲夜はそんな柚子の言葉に怒りの表情となる。

柚子の顎を捕らえると、逃がさぬようにその紅い目が柚子を見つめる。

「お前は俺の花嫁だ。お前もそれを受け入れた時点で、俺のものだ。この先一生。だから俺にすべて預けろ」

玲夜は気付いている。柚子が玲夜を信じ切れていないことに。

その上で告げられた傲慢なその言葉には、どこまでも重い想いが含まれていた。

柚子のすべてを手に入れたい欲のこもった紅い瞳が柚子を捕らえて離さない。

信じたい。

けれど、これまでの弱い自分が顔を出して、柚子を押し止める。

玲夜は一生と簡単に言うが、そんな保証などないではないかと。

「でも……でも、そんなの分からないじゃない！　玲夜も大和みたいに簡単に心変わりしちゃうかも。そうしたら誰にも頼らずに生きていかないといけないのに……」

玲夜の紅い目が嫉妬と怒りに燃える。

柚子の顎を掴む手を引き寄せて、強引に唇を合わせた。

「!!」

驚いた柚子は離れようとしたが、後頭部に回された手がそれを阻む。

唇はすぐに離れたが、柚子の顔は真っ赤になる。

「まだ会って間もない俺を信じ切れないのは分かっている。だが、俺はお前を離すつもりはない。信じられないならそれでいい。俺が信じさせてやる」

力強い玲夜の言葉には説得力があって、思わず折れてしまいそうになる。

「玲夜……」

「だから今は、疑いながらでいいから俺のそばにいろ。あやかしの執着心がどれだけ重いか、一生かけて思い知ることになるだろう」

「でも、もし、私をいらなくなったら……？」

「ならないと言っているだろう。俺はお前を簡単に捨てた両親や男とは違う。だから昔の男のことなんて忘れろ。お前に男がいたというだけでも嫌なのに、そんなゴミと比較されるのは不愉快だ」

怒っているというよりも、拗《す》ねたように見える玲夜。

ゴミとまで言われる大和が少し哀れになり、柚子はくすりと笑う。

「不安になったらそうやって言葉にしろ。何度だってその不安を取り除いてやる。柚子が俺を信じるまでずっと」

「うん……」

頷いた柚子に表情を柔らかくした玲夜は柚子を腕の中に抱きしめる。

玲夜の温もりが柚子を包み込む。この温もりは嫌いではないと柚子は思った。

「バイトがしたいなら俺の仕事を手伝ってくれ」

「玲夜の？」

「ああ。学校終わりに迎えをやるから、俺のところで働けばいい。それが学費の代わりと思えば柚子も少しは気が楽になるだろう？」

怒りながらもちゃんと柚子の気持ちにも配慮してくれる玲夜。

その優しさが柚子の心に染みる。

「うん。ありがとう、玲夜」

柚子は玲夜の背に腕を回した。

いつか無条件で信じられる日が来るのだろうか。

ただただ、目の前の人の愛情に包まれて、その愛情を純粋に信じることができる日が。

そんな日が来たらいいなと柚子は思った。


その後帰ってから改めて話し合った結果、柚子の学費は玲夜が出す。その代わり、学校が終わった後は玲夜のところでバイトをするということで決まった。

玲夜の最大限の譲歩だ。

おかげで翌日から今まで通りに登校できることになったが、普通にとはいかなかった。

　登下校時は車での送り迎えが必須とされた。

　東吉から花嫁の話を聞いた後では嫌だとも言えず、了承するしかなかった。帰った後、玲夜からも花嫁であることの危険性を注意されたのでなおのこと。

　まあ、今まで通り学校に通えるだけ恵まれているので、毎日満員電車に乗らずに済んでサイコーぐらいに考えることにした。

　二日ぶりの教室は、当たり前だがなにも変わってはおらず、けれどなんだかいつもの教室がひどく懐かしいと感じてしまう。

　この二日で、柚子だけが大きく変わってしまった。

「あっ、柚子だ」

「柚子、昨日どうしたの？」

　友人たちから声をかけられ、いつもと変わらぬ風景になんの感情か分からない涙が込み上げてきたが、それを笑顔で押し止める。

「ちょっと家の事情でね」

「なんだ、そっか」

　友人たちととりとめのない会話で盛り上がっていると、東吉を従えた透子が入ってきた。

「柚子おはよう」

「おはよう、透子、にゃん吉君」

「おう」

ふたりが柚子のところへ来ると、それまで話していた友人たちは自然と解散する。

普通、あやかしやその花嫁はかくりよ学園に通っている者がほとんどで、こんな特に目立ったもののない公立の学校には滅多にいない。

ただでさえ花嫁は少なく、あやかしとその花嫁が在籍したのはこの学校始まって以来らしい。それ故か、ふたりはクラスメイトから一線を置かれている。

けれど、それは決して悪い意味ではない。

見目の整ったあやかしの東吉と、そんな東吉に溺愛されている花嫁の透子は、憧れと羨望の的。恐れ多くて気軽に話しかけられないといった感じなのだ。

特にあやかしである東吉はそこらのアイドルより顔がいいので、女子たちからきゃあきゃあ言われていたりする。密かにファンクラブなるものがあるというが、東吉は透子以外に興味がないので放置しているようだ。

「学校に来られたってことは話し合いはうまくいったの？」

「うん。玲夜のところでバイトすることになったの。さすがに今までみたいにカフェでバイトってわけにはいかなかったけど」

「まあ、それは仕方ないわよね。花嫁になった以上は」

「そうみたい。本当は自分の力でなんとかしたかったけど、玲夜に頼りたくないって言ったら怒られた」

あの時の威圧感は身がすくむほどで、できるだけ玲夜を怒らせないようにしようと柚子は思ったのだった。

「そもそも、バイト辞めると連絡したのが玲夜だったみたい」

その件に関してはいろいろと申したいことだらけだったが、なにが悪いと言いたげで、悪気をいっさい感じていない玲夜にはなにを言っても無駄だろうとあきらめた。

すべて、花嫁だからで片付けられそうである。

「あらら。あやかしの独占欲は重いから、仕方ないってあきらめるしかないわよ」

先輩花嫁の透子は東吉にじとっとした視線を向けて助言した。東吉はそっぽを向いて知らないふりをする。

「まあ、玲夜のところででもバイトがさせてもらえるだけありがたいって思っとく」

「多分それ違うわよ。ただ仕事中も柚子をそばに置いておきたいから、都合のいい理由にしているだけだと思う」

「まさか」

「そのまさかをするのが、花嫁を持ったあやかしよ」

柚子と透子、ふたりの視線を向けられた東吉は、「否定はしない」と肯定ととれる返事をした。

「ねえねえ」

突然三人に、柚子の友人がおずおず声をかけてきた。

「なに？」

「盗み聞きしていたわけじゃないのよ。でも耳に入ってきたから……。その……今、花嫁になったとかって言っていたから気になって」

柚子がそんなまさかね、といった感じで問いかける友人の後ろには、こちらをうかがう数名のクラスメイト。

どうしたものか、素直に言うべきか、しかし騒ぎになるのは嫌だしとためらっていると、そんな柚子の葛藤をよそに透子がペロッとしゃべってしまった。

「ああ、柚子が鬼に選ばれたのよ、花嫁に」

「っ透子！　なんでしゃべっちゃうの!?」

「いけなかった？」

透子は自分が花嫁だから分かっていないのだ。

普通の女子高生からしたら、美しいあやかしに愛される花嫁とは夢のような存在。

そんなことが知られれば……。

「嘘、ほんと!?」

瞬間、教室内は蜂の巣を突いたような騒ぎとなった。特に女子の悲鳴は鼓膜を痛いほど響かせる。

「柚子！　マジなの？　ねえ!?」

「きゃー、嘘！　しかも鬼なの!?」

「すごいわ、よくやった！　相手はイケメン？　イケメンなの!?」

「どうなの、柚子!!」

肩を掴まれガクガクと揺さぶられる。

ああ、えらいことになった……と、柚子は遠い目をした。

鬼が特別綺麗な容姿をしていることは誰もが知っていることだ。それを射止めた柚子は英雄のごとくもてはやされたが、女子が一番気になるのは相手の容姿のようだ。

東吉ですらアイドルのように騒がれているのに、それよりも美しいと評判の鬼。

女子たちは血に飢えた野獣のように目が血走っている。

「写真はないの!?」

「……も、持ってない」

「私あるわよ」

「いや、なんで持ってるんだよ」

東吉の鋭いツッコミに柚子も心から同意する。

いったいいつ撮ったのか。

「昨日帰る時にこっそりと。代わりに柚子の写真を渡すことで快く撮らせてくれたわ」

「いつの間にそんな取引を」

ちゃっかりしている透子であった。

スマホで玲夜の写真を出すと、それを見た女子たちは絶叫。きゃあなどとかわいらしいものではなく、ぎゃあぁぁと叫んでいる。

「なにこのイケメンは！」

「ほんとに生きているの!?」

「尊いっ!!」

女子の誰もが写真の玲夜に見惚れている。

写真でこれなら、実物が来たらどうなることか。失神者が続出しそうだ。

「こんなイケメンとどこで出会うの!?」

「どうやって花嫁になったの!?」

女子たちの興味は尽きないが、そこに教師が入ってきて騒ぎを叱る。

「もう授業は始まっているぞ！　席に着きなさい！」

しぶしぶ席に戻っていく生徒たち。解放された柚子はほっとする。

席に着いて鞄から教科書を取り出そうとファスナーを開けると……。

「やー」

「あーい」

ぴょんとふたりの子鬼が飛び出し、柚子の机の上に着地。戦隊ヒーローのような決めポーズでドヤ顔をした。

「いつの間に」

学校に連れては行けないと置いてきたはずの子鬼が出てきて柚子は唖然。

直後、玲夜の写真を見た時と同じぐらいの破壊力のある悲鳴が教室内にこだました。

「きゃあぁぁ」

「なにあれー!?」

「かわいいぃぃ!!」

子鬼が、にぱっと笑みを浮かべ手を振ると、きゃあきゃあと悲鳴があがる。

「確かに置いてきたのに……」

朝、確かにいってきますと手を振って、雪乃と共に見送ってくれたはずの子鬼がなぜいるのか。

それよりも、この騒ぎをどうしようか……。

軽く現実逃避したくなった柚子のもとへ教師が来る。

「こら、学校にペットを持ってきちゃいかん！」

「いや、ペットじゃないんですけど……」

子鬼を見てペットと言う教師の目を疑う。明らかに人外のなにかであろうに。

「あい」

「あいあいー」

子鬼がなにかを訴えるように教師に向かって叫ぶ。

しばしの間流れる沈黙。見つめ合う子鬼と教師。ウルウルと瞳を潤ませる子鬼ふたり。

……陥落したのは教師だった。

「うむ、まあ、なんだ、連れてきてしまったものは仕方ないな。大人しくしているんだぞ」

「あーい」

「あーい」

「ほら全員席に着けー！　授業始めるぞー」

子鬼のかわいさの前では教師もただの人になるようだ。

その後、休憩時間のたびに質問攻めにあい、昼休みを迎える頃にはもう精神疲労でぐったりしていた。

けれど、それ以上に疲労困憊《こんぱい》させる出来事があった。

昼休みに入ってすぐ、大和が柚子のもとにやってきたのだ。

大和に別れを告げられたのはたった二日前。けれど柚子には遠い昔のように感じられる。

それほどにいろんなことがこの二日でありすぎた。

不思議なことに大和を見ても、胸が痛むことはなかった。

「ちょっといいか？」

「なに？」

今さらなんの用かと自然と柚子の声も冷たくなる。

「話があるんだ」

「話ならここでして」

大和は周囲を見回してためらいを見せたが、柚子が動かないと知って、仕方なく口を開いた。

「花嫁になったってほんとに？」

「そうだけど？」

「いつからだよ。急に花嫁っておかしいだろ。だって二日前までは……二股してたのか？」

「勝手に私を誰かさんと一緒にしないでくれる。妹に一目惚れして別れを告げるよりはおかしくないと思うけど？」

「っそれは……」

言い返せるものならしてみろと言わんばかりに、柚子は大和を強くにらみつける。

「それは……悪かったと思ってる。俺もよく考えてみたんだ、それで……」

「もうどうでもいいから。話がそれだけならもういい？　透子を待たせてるから」

大和の言葉をぶった切って話を強制終了させると、なぜか傷ついたような顔をする。

意味が分からない。

別れを切り出したのは大和だというのに。

そんなこともあり、柚子の精神力はゼロに近い。

子鬼がよしよしと頭を撫でて癒《いや》してくれるのだけが救いだ。

今は透子と東吉と共に、中庭で昼食を食べている。

普段は学食を利用するのだが、今日は屋敷の専属料理人が作ったお弁当を持たせてもらった。彩りに加え、栄養面も考えられた完璧な弁当は見事のひと言だ。

「意味分かんない。今さらなにが言いたいわけ？」

「ほっときなさい。そんなことより柚子は鬼龍院の家でよくしてもらってる？」

「うん。皆親切にしてくれてるよ」

「ならよかったわ。急に花嫁なんて言われて納得しない人がいるんじゃないかって心配していたのよ。にゃん吉が、若様の婚約者は絶世の美女の上に才色兼備で、鬼の一族の中でも人気が高いとかって言っていたから」

「……婚約者？」

「そう鬼龍院玲夜の婚約者の鬼山桜子って人」

ボトッと持っていた肉団子が落ちた。柚子の顔色が悪くなる。

「えっ、玲夜の？」

「ええ、そうよ……って、知らなかった？」

「まったく。だって誰もそんなことひと言も……」

柚子の頭の中は混乱状態。玲夜に婚約者がいたなどとは初耳だ。

婚約者がいるなら、自分はなんなのだ。花嫁なんて言われているが、婚約者がいるなら自分は必要ないのではないか？　玲夜に騙《だま》された？　遊ばれていたのか？

ぐるぐると嫌な想像が頭の中を回っていると、東吉の手が伸びてきて、デコピンをされる。

「っつ」

痛いが、痛みのおかげで我に返った。

「透子、お前が変な言い方するからこいつ勘違いしてるだろうが」

「……勘違い？」

「まず最初に、あやかしは基本あやかしとしか結婚しない。これはいいな？」

「う、うん」

「次期当主ともなれば、一族が伴侶となる相手を話し合いで決める。霊力が釣り合った相手をな。その話し合いで決められた鬼龍院様の婚約者が鬼山桜子様だ。彼女は筆頭分家の鬼山の令嬢で、年齢が釣り合う一族の女の中で一番霊力が高いことから選ばれた」

「うん」

「けれど、これはあくまで一族の話し合いで決められた政略的なものだ。鬼龍院様の意思で決まったわけじゃなく、花嫁が現れた場合は花嫁が優先される」

「そうなの？」

東吉の話を聞いて、だんだんと冷静になってきた。

「俺にだって以前は婚約者がいたんだぞ。けど、透子が現れてその話は白紙になった。鬼龍院様の場合もとっくに白紙になってるだろうな」

「ほんとに？」

「疑うなら鬼龍院様に聞いてみればいい。一族としても、強い子を生む花嫁を優先するのは当たり前のことだから」

「そ、そっか……」

それを聞いて柚子はほっとした。

けれど、才色兼備の絶世の美女を押しのけて、自分がそこに座ってよかったのだろうか。

時々現れる卑屈な自分が顔を出してきて、柚子は自分が嫌になる。

玲夜を信じたいのに。

選ばれたいと思いながら、いつまでも、自分が選ばれることに疑問を持ってしまう。

強くありたいのに、弱い自分が後を追いかけてくる。

柚子は分かっている。

玲夜を信じ切れないのは玲夜が悪いわけではなく、柚子自身の自信のなさが原因だと。

「柚子ごめんね、勘違いさせた」

「ううん、私が勝手に勘違いしただけだから」

落ち込んだ顔をしたら透子に心配をかけるだけ。柚子は精一杯の笑顔を見せた。

「……ところで、疑問なんだけど」

「なに？」

「花嫁ってのは女だけなの？　人間の男も選ばれたりしないの？」

「あー、それな」

　東吉は苦虫を噛み潰したような顔をする。

「あやかしの女ってのは、男よりシビアな考え方なわけなんだよ。容姿や性格なんかは二の次。大事なのは強い霊力と資産を持っているか否か。より強い子孫を残せる種を持つ男かどうかが重要なの。つまり、霊力皆無の人間の男は眼中にないわけ」

「たくましいね……」

　なんともあやかしの女性は合理主義である。

「まあ、たまに霊力のある人間の男と結婚したあやかしもいるっちゃいるんだけど、そんなの例外中の例外だな。滅多にない。花嫁のように霊力がないのに相手の霊力を高めたり、強い子を作ったりできる人間の男ってのは聞いたことないしな」

「そうなんだ」

「花嫁自体がいまいち分かっていないことが多いからな。どうして霊力もないのに強いあやかしを生めるのか、相手の霊力を高めることができるのか。そもそもなんであやかしは一目見て花嫁だと理解するのか。花嫁に関しては分かっていないことだらけだかんな。皆花嫁はそういうものって理解しているだけだ。理由なんて誰も知らない」

「ふーん」

あやかし本人が分からないのなら、人間に分かるはずがない。

柚子が花嫁だと分かるのも玲夜だけ。

けれど、柚子がすでに強い玲夜をさらに強くする花嫁であるというのは間違いがないと玲夜は断言する。あやかしが花嫁を間違えることは絶対にないと、過去のあやかしと花嫁が証明しているのだという。

人間である柚子にはよく分からない感覚だった。

分からないから不安にもなるのだ。

「私も分かったらいいのに……」

そうすれば、玲夜にいつか捨てられるのではないかと不安を感じることはないのだろう。胸を張って玲夜の花嫁だと言えたのかもしれない。

そもそも、自分は玲夜のことをどう思っているのだろうかと柚子は考えた。

正直、愛とか恋とか柚子はよく分からなかった。

大和と付き合っていたのも、人気者の大和から告白され、舞い上がったからにすぎない。大和を好きだったわけではないのだ。

そう考えると、自分も大和のことをどうこう文句が言えた立場ではないなと、改めて思う。相手に対して誠実でなかったのはお互い様だった。

けれど、また繰り返そうとしているのかもしれないと柚子は迷走する。

好きなわけでもないのに、愛すると言われて舞い上がって玲夜を受け入れた。

それは、大和の時と同じではないのか。

あの時は精神的に弱っていたからといって、玲夜の手を取るべきではなかったのかもしれない。

そう後悔したとて、恐らくもう玲夜は柚子を手放したりはしないだろう。

外堀を埋め、柚子の逃げ道を塞ぎ、真綿で包むように柚子を閉じ込めるだろう。

けれど、それのなにが悪いのか。

愛されてなにが不服だというのか。

あれほどに大切に愛してくれる人と出会う確率がどれだけ低いか。

身を任せればいい。そう囁く自分もいる。

けれど……。

それでは駄目なのではないかとも思う。

お互いを想い合っている透子と東吉を見ていると……。

愛情を受けるだけではない、相手にも愛情を返しているふたりを見ていると特にそう感じる。

できるなら柚子もそうありたい。

柚子の両親からの扱いを思えば、愛されたいと願うことはなんらおかしくはない。

けれど、自分のことばかりではなく相手のことを……玲夜を愛したいと、柚子はそう思うようになっていた。

それは柚子にとっては大きな変化であった。

自分は玲夜をどう思っているのか。

好意はある。

あの家から出してくれた、柚子にとってはヒーローだ。

嫌いになる要素などどこにもない。

けれどそれは恋なのかと言われると首をかしげるしかない。

キスもされたけれど、その時は驚きと玲夜の怒りに触れた恐さでそれどころではなかった。

とはいえ、嫌悪感はなかった。

考えれば考えるほど迷宮入りしそうになったので、柚子は考えるのをあきらめた。

まだ、答えは出ない。

そもそもよく考えればまだ玲夜と会って三日目なのだ。

そんな短期間で、一目惚れをしたわけでもないのに分かるわけがない。

時間はあるのだからゆっくり考えればいい。

焦る必要はないのだから。

3章

柚子が花嫁となってしばらく。

子鬼たちはいつの間にかクラスのマスコットと化し、子鬼ちゃんを愛《め》でる会なるものが発足。教師も会員になっているとの噂《うわさ》で、子鬼を学校に連れていっても怒られることはなかった。

むしろ、連れていかない方が怒られるという困った事態に。

これは子鬼グッズでも作ればひと儲《もう》けできるのではとゲスなことを考えてしまう柚子だったが、そんな考えが出てしまうほど学校内で子鬼フィーバーが起きていた。

子鬼はかわいいが、見た目は男の子。柚子としては、やはり着替えやトイレにまで連れて歩けないからと屋敷に置いていくのだが、いつもなぜか鞄の中に入っている。

数日も経てばあきらめを覚えた。

連れていけない時は、クラスメイトや教師に預かってもらうことにした。

高道からも、ボディガードになるから連れ歩くようにしてほしいと言われたので、今では一緒に登校している。

柚子としても癒しがあるのとないのとでは心持ちが違うのでまあいいかとなった。

そんなこんなで、今までの両親や花梨に気を使った生活から解放され、心穏やかな毎日を過ごしている。

玲夜の屋敷でそれは大事に扱われることに最初は恐縮し通しだったが、それも大分慣れてきた。屋敷の使用人たちも花嫁の存在に慣れて、最初ほど過剰反応しなくなったおかげでもある。

今の柚子は学校が終わって、玲夜の会社にてバイト中。

バイトの内容は、玲夜のいる社長室にて、書類整理やコピー、データ入力といった簡単なものがほとんどだ。だが、間違いは許されないのでなかなかにやりがいはある。

将来社会人になった時の予行演習と思えばやる気も出る。

と、そこまで考えて、花嫁はそもそも就職できるのかという疑問が湧いてくる。

バイトですら渋られるのに、就職など許されると思えない……。

「うーん……」

「疲れたか、柚子?」

思わず心の声が漏れていたよう。

「ううん、全然大丈夫」

「いや、いい時間だ。少し休憩しよう」

「はーい」

玲夜にそう言われて椅子から立ち上がる。

「玲夜も休憩しよう?」

柚子は高道からもうひとつ仕事を任されていた。

それは玲夜を休憩させること。

でないと、玲夜は延々と仕事を続けてしまうらしい。高道はそのことをずっと心配していたようだ。

けれど、柚子が一緒に働くようになってから、柚子のために一緒に休憩を取るようになったと高道に感謝された。

「ああ」

「じゃあ、私、お茶淹《い》れて……」

お茶を淹れに行こうと思ったが、見計らったように高道がお盆にお茶をのせて部屋に入ってきた。

「いつもながらナイスタイミングです。高道さん」

「お褒めにあずかり恐縮です」

いつも、休憩しようとするタイミングでお茶を持ってくる高道に、柚子は予知でもできるのではないかと疑っている。

けれど、玲夜は少し不満そう。それは柚子の淹れたお茶が飲みたいからのようで。

なので柚子がお茶を淹れることもある。

玲夜はまだ少しかかるというので、先に高道と共に隣の部屋に入る。

社長室の続き部屋は、少し狭いが社長である玲夜専用の休憩室となっており、テーブルとソファーが置いてある。

まあ、狭いといっても、柚子からしたら十分な広さがあるのだが。

「お仕事には慣れましたか？」

ソファーに座った柚子の前にお茶を置きながら、優しく問う高道。

「はい。玲夜も高道さんも分かりやすく教えてくださいますから」

「それはよかった」

にっこりと笑う高道は、玲夜と違って温和な空気が漂っているので、柚子も話をしやすい。

「正直言うと、花嫁となる方を働かせるのには反対だったのです。周囲の目もありますし。しかし、おかげで玲夜様が休憩を取られるようになったので柚子様には感謝しかありません」

「いえ、私はただ玲夜と一緒に休んでいるだけなので、感謝されるほどのことは」

「柚子様がいらっしゃるようになってから、玲夜様が以前より穏やかになったと社内でも評判ですよ」

柚子には甘々な玲夜だが、時折社長室にやってくる社員にはすごく冷たい。

それなのにそれで穏やかになったとは、以前はどれだけ冷たかったのかと問いたい。

「あの……やっぱり花嫁が働くのはよくないんでしょうか？」

「そうですね。基本花嫁は大事に囲われるので、働かせることはあり得ません。大事な花嫁を養う財力もないのかと、他の家から侮られますからね」

「…………」

柚子は顔を強張らせた。

ただでお世話になるのは申し訳ないと言い出したバイトだが、そのことが余計に玲夜の迷惑になっているのかもしれないと衝撃を受ける。

「余計なことを言うな」

はっと見ると、玲夜が部屋に入ってきたところだった。余計なことを言った高道をにらみつけている。

「玲夜……あの……」

よかれと思った自分の行動が、玲夜の評判を落としているのかもしれないと知り、柚子はなんと言ったらいいか分からなかった。

「柚子は気にしなくていい」

「でも……」

「大丈夫ですよ、柚子様。花嫁を働かせるのはよくないとは言いましたが、周囲には柚子様と一緒にいたい玲夜様が無理に花嫁を連れてきているということになっておりますから。玲夜様の評価に傷はつきません。まあ、生温かい目では見られているとは思いますが」

「玲夜の迷惑になってない？」

「大丈夫ですよ」

高道ににっこり笑ってそう言われると安堵した。

玲夜なら大丈夫じゃないことも柚子を気遣って大丈夫と言いそうなので信用できないが、高道なら嘘は言わないだろう。秘書である高道が優先するのは玲夜だから。

「それにしても、柚子様は周囲にふたりも花嫁がいらっしゃるのにあまり花嫁に関して詳しくはないのですね」

高道の言うように、妹の花梨に友人の透子と、ふたりの花嫁が近くにいるわりに柚子は知らないことが多かった。東吉がフォローを入れなければならないほどに。

「すみません……」

「責めているわけではないのですよ。ただ疑問に思っただけで」

しゅんとなって謝る柚子に、高道も慌てる。柚子の横にいる玲夜の視線が怖いからである。目から殺人光線が出ている。

「もともと両親の関心は花梨にあったんですけど、花梨が花嫁になってからは特に顕著になったんです。両親に愛されている花梨が花嫁にも選ばれて、たくさんの人から大切にされてる花梨が羨ましくて、見ていられなくて……。それでできるだけ花梨ともその相手とも関わらないようにしていたんです。興味はあったけれど、それを聞いてしまうといかに花梨が特別かを知らしめられるようで、誰かに聞くことも調べることもしたくなくて……」

「そうですか」

「だから透子が花嫁になった時も多くは聞かなかったし、透子も私の気持ちを慮《おもんぱか》ってくれましたから。だから花嫁のことは、あやかしに大切にされるってことぐらいの知識しかなくって」

その無知さが周りに迷惑をかけているのだろう。玲夜や鬼龍院の人たちには申し訳ないと思う。

しかし、仕方ないじゃないかとも柚子は思うのだ。まさか自分が花嫁に選ばれるなど考えもしない。

花嫁になると思って先に情報収集している者など、ほとんどいないだろう。

いや、花梨が通っているかくりよ学園はあやかしが多いことから、花嫁に関するある程度の知識を教える授業があるらしい。

しかし当然、ごく普通の公立校に通う柚子はそんな授業を受けてなどいない。

「柚子はそのままでいい」

柚子を横から抱きしめてよしよしと頭を撫でるのは玲夜。

「玲夜は私を甘やかしすぎだと思う……」

東吉ぐらいにははっきり怒るところを怒った方がいいと柚子は思う。

でなければ、その優しさに甘えて駄目な人間になりそうだ。

「問題ない。柚子を甘やかすのが俺の特権だ。他に譲る気はない」

真顔でそういうことを言ってしまうのだから、柚子もなんと言っていいのか分からなくなる。

柚子を慰めているのでも、冗談でもなく、本気で思っているところが玲夜のすごいところだ。

花嫁を持つあやかしは皆そうなのだろうかと思うが、東吉は玲夜ほど甘くはない気がする。打てば響くような口喧嘩をする仲のよさは見受けられるが。

それとも、ふたりの時は違うのだろうか。今度聞いてみようと柚子は思った。

「……そうだ。玲夜、来週バイトのない日にお祖父ちゃんの家に行ってきてもいい？」

玲夜との決まりで、バイトは週三回。他の日はそのまま家に帰るが、玲夜の屋敷に引っ越してからずっと祖父母に会っていなかった。もちろん、電話では話しているが、ようやく生活が落ち着いてきたので、久しぶりに会いに行きたい。

「……そうだな。柚子。お願いする時は？」

柚子の頬にそっと指を滑らせて問いかける玲夜は大人の色気を無駄に発している。

柚子は顔を真っ赤にした。

「た、高道さんがいるから今は……」

「いないぞ」

「えっ？」

見ると、先ほどまで部屋にいた高道が消えている。

こんな時まで空気が読める男、高道は優秀な秘書だった。

「ほら」

「う～」

クッと口角を上げる玲夜の笑みはどこか意地悪で、柚子は顔を赤くしながら恨めしげに玲夜を見上げた。

そして、決意の顔をした柚子は、顔を玲夜に近付けていき、チュッと一瞬触れるだけのキスを頬にした。

玲夜との決まりその二。

お願いがある時はキスでおねだりする。

なんとも理不尽な決まり。もちろん玲夜の一方的な決め事だ。

けれど、しないと絶対にお願いを聞いてくれないのだから仕方がない。

玲夜は頬に一瞬だけなのが物足りなくて不服そうだが、柚子にはそれでいっぱい

いっぱいだ。それでも恥ずかしそうにする柚子の反応に満足したのか、祖父母の家への訪問の許可をもぎ取った柚子だった。

休憩を終え、社長室で作業を再開。カタカタとキーボードを叩く。

柚子がバイトをするにあたり、社長室に用意された柚子のためのデスクの上では、子鬼が柚子に見えやすいように書類を持ってくれている。

「次のページめくってくれる？」

「あい」

「あい！」

柚子の言う通り次のページにする子鬼は、立派に柚子のお手伝いを務めている。

「柚子、この書類を十部ずつコピーして綴《と》じてくれ」

「はい」

室内にあるコピー機で書類をコピーしながら玲夜の仕事風景を観察する。

まだ学生の柚子でも知っている鬼龍院グループの社長を務めている玲夜は超がつくほど多忙。柚子もバイトをするようになり、玲夜の仕事ぶりを目の当たりにして分かったことだが、正直柚子の相手をしている暇などないのではないかと思っている。

けれど、いつも夜には帰ってきて一緒に夕食をとるし、朝だってきちんと柚子が学校に行くのを見届けてから自らも仕事に行く。学校が休みの土日は玲夜も休んでいる。けれど、高道にそれとなく教えられた話によれば、柚子が来るまではほとんど休みも取らず精力的に仕事をしていたらしい。

それを聞いた時は、自分は仕事の邪魔をしているのではと思ったが、玲夜の屋敷の人たちからはものすごく感謝された。

なにかに執着することもなく、趣味も特にない。いつもどこかピリリとした緊張感を持った玲夜は、とても触れがたく近寄りがたかったそうだ。

ただ淡々と日々を繰り返すだけの玲夜の生活は、他人から見たらひどく味気ない。なんの楽しみもなく、笑うこともほとんどない玲夜を、ずっと世話してきた屋敷の人たちは心配していたようだ。

それが、柚子が来てから、玲夜はすごく楽しそうだという。

以前のような、触れたら切れそうな威圧感は和らぎ、穏やかな顔をすることが増えたと、使用人頭には涙ながらに感謝された。

そう言われた時、柚子は嬉しかった。

自分を助けてくれた玲夜に、自分もなにか返せているのだと思えて。

けれどそんな柚子は、ライバルがいることに最近気付いた。

「あれの件どうなった？」

「はい。新しく展開するブランドのことですね。その件でしたら……」

「高道」

「こちらですね」

柚子はむむむと眉間に皺を寄せてふたりのやりとりを見ていた。

はっきり言って、玲夜は言葉が少ない。柚子に対しては饒舌《じょうぜつ》になる玲夜だが、他に関しては本当に必要以上のことを話さない。

そんな玲夜に周囲は疑問符を浮かべることもしばしば。

けれど、高道だけは違う。

あれと言えば玲夜の必要とするものを用意し、「高道」と名を呼ばれただけで意図を理解し動く。果てには、玲夜が欲しいものを先回りして欲しい時に持ってくる。

ツーと言えばカーと返ってくるような、まるで長年苦楽を共にした熟年の老夫婦のようなふたり。まだ出会って日の浅い柚子にはとてもじゃないが真似できない。

しかも、柚子以外には無関心な玲夜だが、高道だけにはちょっと違う。

言葉の端々や接し方からも、信頼していることがうかがえる。

ただの社長と秘書という関係とは少し違う、それ以上の絶対的な信頼関係を築けているように見え、ふたりの間に流れる空気は柚子ですら入り込めない雰囲気があった。

それはこの社長室で一緒にいる時間が増えたからこそ気付いたこと。

玲夜のためになにかしたいと意気込む柚子だが、すべて高道が先回りしてしまうので柚子の出番はない。

幼少期から仕えている高道とは、一緒にいた時間が違うのだから仕方がないと分かっているのだが、柚子は少し高道に嫉妬している。

目指すは、高道よりも玲夜の役に立つこと。

高道は自身が知らぬうちに柚子にライバル認定されていた。

＊＊＊

荒鬼高道。

彼の家は代々鬼龍院当主に仕えてきた分家の一族。

彼の親もまた、現当主に仕えている。

そして、玲夜が正式に次期当主となったのを機に、かくりよ学園の初等部に入ってしばらく経つ高道は、生涯仕える主との顔合わせが叶った。

相手は高道よりいくつか年下。しかも、かくりよ学園に入って間もない子供。

正直、高道は玲夜という年下の少年に仕えるのは気が乗らなかった。

それというのも、高道はなんでもそつなくこなす器用さがあったからだ。

勉強も運動も人付き合いも、すべて人並み以上にできて、同世代とは張り合いを感じない。

あまり人を信用することがなく、気を許せる友人といえば、筆頭分家の鬼山家の息子であるひとつ年上の桜河《おうが》だけだった。

人並み以上になんでもできるが故、誰かに誠心誠意仕えることが我慢ならなかった。

プライドが高いのだ。

鬼龍院の当主とは何度か面識があった。

いつも穏やかな笑みを浮かべ、格下の分家にも、使用人にも気さくに話す。

とてもじゃないが鬼龍院を、そしてあやかしすべてをまとめられるとは思えない、なよなよとした男。

けれど、当主の周囲には、当主に心酔した者たちばかりがそろっていた。

高道の親もしかり。

高道は、あの当主のどこにそんな魅力があるのかまったく分からなかった。

あんな当主の息子。正直期待できない。

その時はそう思っていた。

鬼龍院の次期当主、鬼龍院玲夜と初めて顔を合わせた時、高道は不覚にも見惚れてしまった。自分もあやかしの中では見目のいい方だと自負していたが、玲夜はその上を軽くいった。

あやかしですら見惚れる美しさ。

あどけなさが残るものの子供とは思えぬ、大人びた表情。

年下なのに、自分よりもずっと大きな存在感。

思わず跪《ひざまず》きたくなる、覇王のような威圧感。

そのどれもが、高道を魅了した。

――この方が自分の仕える主人。

ずっと不満を感じていたはずなのに、玲夜に会った瞬間にそんな感情はすべて吹き飛んでいった。

残ったのは、自分が荒鬼の家の息子であったことの感謝と、玲夜に仕えることができる喜びだった。

それからの高道はもう人が変わったようだった。荒鬼に生まれて将来を決められていたことに不平不満を抱いていた高道はいなくなった。

父親が当主の心酔ぶりを家で口にしていても嫌な気持ちにはならなかった。なぜなら当主は玲夜の父親。きっと素晴らしい人に違いないという考えが生まれたからだった。

母親はあまりの息子の変わりように呆気《あっけ》にとられていたが、父親は納得の表情だった。やはりお前も荒鬼の息子だと、満足そうであった。

これまで器用にこなせるが故に適当になっていたすべてのことを精力的にこなしていった。勉学、運動にとどまらず、護身術や果ては執事の勉強まで。

すべては玲夜のために。

学べることはすべて身につけていった。

玲夜が働くようになってからは、秘書として、右腕として、陰日向に玲夜を支えた。

その努力の結果か、玲夜から他の者とは一線を画する深い信頼を得られていると自負できるまでになった。

あまり感情が動かない、興味や執着を見せない玲夜が信頼する者。

高道にとってそれは誇れることだった。

最も玲夜を知り、最も玲夜に近く、時に笑顔まで見せてくれるのは自分だけだと。

鬼山家の令嬢と婚約したとしても、その地位は揺るがない。

そう思っていた。

思っていたのに……。

バンッと、机を叩いた高道はどうやらお怒りの様子。

それを見る桜河は迷惑そうだ。

高道の幼馴染《おさななじみ》でもある桜河は、茶髪にツーブロックの髪型。耳にはピアス。ややたれ目で、女性が好きそうな優男だが、見るからに軽薄そうな雰囲気で、真面目な高道と仲がいいことを不思議に思う者は少なくない。今も着物を着崩して無駄な色気を振りまいている。

そんな桜河は片肘をついてあきれたように茶をすする。

「お前さぁ、わざわざ人の家に来て怒りぶつけるのやめてくれる?」

「これが怒らずにいられますか!?」

高道の怒りの原因は、玲夜の花嫁。

そう、高道が敬愛してやまない玲夜に花嫁が現れたのだ。

花嫁が見つかったこと自体は、一族にとって喜ばしいことである。

今まで以上に玲夜の霊力が高まり、価値が上がる。

高道にとっても、玲夜が周りから評価されるのは嬉しいことだ。

まあ、玲夜の評価はこれ以上賛辞される必要がないほどに最高の評価を周囲からされているが。

問題なのは、選ばれた花嫁自身。

美しい玲夜の隣に並び立つのだ。相手もそれなりの者でなくては納得ができない。

その点、婚約者の桜子は高道のお眼鏡にかなった希有《けう》な者だった。

さすが一族から選ばれただけあり、玲夜の隣に立っても引けをとらない器量と美しさを兼ね備えている。

けれど、玲夜が選んだ花嫁は……。

「くっ！　なぜ、あんなちんくしゃがっ！　玲夜様もなぜあのような者をお選びになったのだ。不釣り合いです！」

「あー、まあ、仕方ないいんじゃないのー。花嫁って選ぼうと思って選べるもんじゃないらしいし。あやかしの本能だし」

「貴様はあんなので納得したというのですか⁉」

「いや、そもそも俺会ってないしぃ」

「せめて桜子ぐらいの器量があれば私とて許しますが、あの娘では玲夜様の隣に並ぶに相応しくない」

ダンダンと、握った手を机に叩きつけて悪態をつく高道。

いつも敬語で丁寧に対応する高道が、実は毒舌だということはほとんど知られていない。それを知る数少ない桜河はあきれた眼差しを向ける。

「お前の玲夜様至上主義は今さらだが、理想高すぎんの。シスコンって言われるの覚悟で言うけど、桜子って相当だぞ。一族に選ばれるぐらいなんだからさ」

「それぐらいでなければ、許せません！」

「お前が許さなくても、玲夜様が許せば問題ないって」

「くっ」

自分ひとりが文句を言っても無意味なのは分かっているのか、高道は悔しげに顔を歪《ゆが》める。

「今日来たのだって、桜子との婚約解消のためだろ？」

「玲夜様から白紙にすると伝えてこいと……」

「まっ、花嫁が見つかったなら当然だわな」

桜河は立ち上がると、襖《ふすま》を開けて「おーい、桜子ー！」と声をあげた。

少しすると、鈴を転がしたような澄んだ声をさせてひとりの女性が入ってきた。

「お兄様、なにかご用でしょうか？」

高道が、玲夜の隣に立つことに納得する女性。

人形のように整った顔立ちと、濡羽《ぬれば》色の艶《つや》やかでまっすぐな長い髪。ふんわりと穏やかな雰囲気を持ち、線が細く儚《はかな》げな深窓の令嬢を具現化したような女性。

一目で魅了されてしまう男たちは数知れない。

まるで天女《てんにょ》と形容するのが相応しい、人の目を奪う美しさ。

それが、玲夜の婚約者の鬼山桜子だった。

桜子は部屋にいた高道を見ると驚いた顔をした。

「まあ、高道様。最近いらっしゃらなくて寂しく思っておりましたのよ」

「久しぶりです、桜子。最近は玲夜様のお仕事が忙しかったので、あまり顔を見せに来られませんでした」

「それならば仕方がありませんわね」

高道の玲夜至上主義は、桜子も知るところなのだろう。納得した様子。

「それで、なにかご用があったのでしょう、お兄様？」

「ああ。このたび玲夜様に花嫁が見つかられた。それにより、お前との婚約は白紙だそうだ」

「あら、まあ」

手で口を押さえ、品よく驚く桜子。

そう、この桜子のような品と所作を身につけるのは一両日中にはできぬこと。

あの花嫁にはない気品だった。

せめて容姿が美しければ、あるいは桜子ぐらいの品を持ち合わせていたならまだましだが、花嫁となった柚子はどこまでも普通のひと言。

「花嫁様が見つかられたのでしたら、白紙も仕方がございませんね。花嫁様はどのような方なのですか？」

誰もが思う素朴な疑問に、桜河はなんとも言えない顔をし、高道は悔しげな顔をした。

流れる微妙な空気に、桜子は困惑する。

「私、変なことを言ってしまいましたでしょうか？」

「いや、お前は悪くない。悪いのは……」

そう言いながら、桜河は高道を見る。

「私は悪くありません。悪いのはあの花嫁の方です」

「いや、花嫁は悪くないだろ。ただ、玲夜様に選ばれただけなんだし」

「あの……花嫁様はなにか問題のある方なのですか？」

ふたりのやりとりを聞いていれば、そう誤解するのも致し方ないだろう。

「問題なのは高道の方だ」

「私は許せないだけです。あのような凡人が、至高の存在たる玲夜様の伴侶になるなど。しかも……しかも、あろうことか玲夜様とべったりで、満面の笑顔まで向けられてっ。私にはあんな笑みを向けられたことなどないというのに……」

ただの八つ当たりである。

桜河もいい加減付き合うのが嫌になってきた様子。

「花嫁なんだから当然だろう。お前それただ嫉妬してるだけじゃんか。どこの小姑だ。ってか、それ絶対玲夜様に気付かれるなよ。消されても文句言えないからな」

「それぐらい分かっています！」

花嫁を批判していることが知られたら不興を買うことが分かる程度の冷静さはあるようだ。

「しかし、気に食わないものは気に食わないのです！」

「はいはい。ガス抜きはしてやるから、玲夜様や花嫁の前ではちゃんと優秀な秘書でいろよー」

と、まあ、しばらく高道は心に溜まった柚子への不満を発散すべく、桜河を訪ねる機会が増えた。

しかし、柚子がそばにいると玲夜が仕事をセーブし、仕事の合間の休憩も、週末の休みも取るようになったことで、少し柚子へのあたりを軟化させるようになった。

柚子の存在が玲夜のためになると気付いたからだろう。柚子が玲夜の役に立とうと必死な様子を見て、悪い子ではないというのを分かったようだ。

とはいえ、まだまだ柚子を認めるとまではいかない。

玲夜を独占する柚子は、どうしたって高道の目の上のたんこぶなのだ。

柚子がバイトの最中には、いかに自分が玲夜に信頼されて役立っているかを見せつけることで溜飲《りゅういん》を下げていた。

くしくも、柚子と同じように、高道も柚子をライバル認定していたのだった。

そんな高道は気が付かなかった。

「身のほどというものを教えて差し上げなくてはなりませんね」

桜子がそんなことをつぶやいていたことを。
＊＊＊

玲夜の会社でのバイトは週三日。バイトがない日はそのまま屋敷に帰って、玲夜が仕事から帰ってくるまで時間を潰す。

屋敷には使用人がいるので、家事など柚子がすることはなにもない。お手伝いをと手を出そうものなら、大慌てで止められてしまう。

これまでバイトを詰めて忙しくすることで家に帰らないようにしていた柚子は手持ち無沙汰。

仕方ないので勉強するしかなかったが、そんな柚子の様子が雪乃から玲夜に伝わると、次の日にはゲーム機や本、ＣＤやＤＶＤやら暇潰し道具がたくさん用意された。

家に帰ったら物が増えていて柚子はびっくり。

しかし、暇を持て余していた柚子はありがたく使うことにした。

そんな品々を使って玲夜の帰りを待っていると、コンコンとドアが叩かれる。

返事をしようとする前にドアが開かれて玲夜が入ってきた。

それではノックの意味がないだろうに、玲夜は返事を待つ時間も惜しいというように、屋敷に帰れば一目散に柚子に会いに来る。

「今日はチョコだ」

ソファーに座る柚子の前に膝をつくや否や、目の前に差し出された紙袋。

柚子は困ったようにしながらも受け取った。

「ありがとう。でも、こんな毎日プレゼントしてくれなくていいんだよ？」

「俺の気持ちだ。柚子になにかしてやりたいんだ。嫌じゃないなら受け取ってくれ」

玲夜の飾りのないストレートな言葉は、柚子の心に染み入る。

だからこそ、そんなことを言われたら断れない。

「それに、ちゃんと礼はもらう」

「うっ……」

玲夜の紅玉のような目が、ギラリと輝く。

「玲夜は私のためじゃなくて、そのためにプレゼント持ってくるんじゃないの？」

「さあ、どうだかな」

玲夜は柚子の横に座り、体を引き寄せる。ぴとりとくっつく体に、柚子の頬が染まる。

この屋敷に来てすぐ、玲夜は柚子に十七個のプレゼントを用意してくれた。

そのあまりの多さに、喜びよりも唖然としたのはいい思い出だ。

十七個だった理由を問えば、これまで渡せなかった柚子の誕生日の分だというのだ。

一歳の柚子に、二歳の柚子に、三歳の柚子に。

十七歳までの柚子へのそれぞれのプレゼントには玲夜からの手書きの手紙が添えられていた。プレゼントも手紙も、すべて玲夜が自分で用意したのだという。

誕生日もろくに祝ってもらえなかった十七年分の自分が喜んでいるのを感じて、不覚にもボロボロと泣いてしまった。

そんな嬉し涙を流す柚子の首に、十八個目のプレゼントとなるネックレスがかけられた。

「これは十八歳の今のお前に。もっと早く迎えに行けなくて悪かった」

玲夜が悪いわけでもないのに謝る玲夜に、柚子は感謝の言葉が浮かんだが、それは嗚咽《おえつ》に邪魔されうまく言葉にはできなかった。

本当に玲夜は自分を嬉しくするツボを心得ている。

こんなにも自分を大切にしてくれる玲夜に、自分もなにか返したいと柚子は思ったが、柚子が買えるものなどたかがしれているし、彼は欲しいものならすぐになんでも手に入る立場だ。

なにせ、鬼龍院の次期当主なのだから。

自分にはなにが返せるだろうと考えた柚子は、ストレートに玲夜に聞くことにした。

そうして玲夜がねだったのが、お礼のキスだった。

最初はあたふたして、とてもじゃないが自分からは無理だと言った柚子に、玲夜は残念そうにしながらも無理強いすることはなかった。

そんな玲夜の優しさに柚子は心を決めた。

女は度胸と、玲夜にかぶりつきそうな勢いでキスをした。

まあ、キスといっても頬にするのが柚子の精一杯だったが、玲夜は本当にすると思っていなかったようで、目を丸くする玲夜の貴重な顔を拝めた。

それからだ。

味をしめた玲夜は、会社帰りには毎日のようにプレゼントを持ち帰るようになった。

今日はチョコだったが、昨日は花だったりと贈られるものはさまざま。

お礼を求めて顔を寄せてくる玲夜に、柚子は戸惑いを見せた後、勢いよく頬にチュッとキスをした。

「そろそろ頬じゃなく、唇にしてもいいんだぞ？」

意地悪く口角を上げる玲夜に、柚子は顔を真っ赤にして首を横に振る。

「まだ無理です！」

「まだ、か。ならもう少しだな」

唇にしてくれる日が楽しみだと笑って、玲夜は服を着替えに部屋を出ていった。

残されたのは、未だ慣れずに顔を覆って恥ずかしさに身悶《みもだ》える柚子。

あんな綺麗な顔をした玲夜の頬に触れるだけでもいっぱいいっぱいなのに、自分から唇にキスするなど、そんな勇気はない。

けれど、恥ずかしく思いながらも、嫌だとは思っていないことが問題だ。

だんだんと、玲夜の色に染められていっている気がする。

＊＊＊

学校の休み時間、手芸部部長が子鬼ふたりの服を持ってやってきた。

少し前にメジャー持参で子鬼のサイズを測っていると思ったら、ふたりの服を作るためだったようだ。

普段の子鬼は甚平《じんべい》に草履《ぞうり》という格好だ。

それでも十分にかわいいが、手芸部部長はもっと子鬼たちを着飾りたかったよう。

Tシャツからズボン、靴に帽子に鞄と、何種類もの服と小物を持ってきた。

よくもまあ、手乗りサイズの小さな子鬼の服を大量に作れたものだと感心する。

部長の目にはくっきりとしたクマができていたが、その顔はやり遂げた達成感で清々しさすら感じられる。

「あいあい！」

「あいあいあい！」

子鬼たちも服をもらって嬉しそうだ。いつも以上にテンションが高い。

「あい！」

ぴょんと子鬼が部長の肩に乗ったかと思うと、チュッと頬にキスをした。

もうひとりの子鬼も反対の肩に乗ると、同じように感謝のキスを。

「はわわはわわわっ」

部長は顔を真っ赤にしてぺたりと座り込んだ。

女子生徒たちはかわいいと騒ぎ、

「キスひとつで女を腰砕けにするとは、なんて恐ろしい奴らっ」

見ていた男子生徒たちがおののいた。

「どこであんなの覚えたのやら」

透子の疑問に柚子は知らないふりをした。

まさか言えまい。毎日のように柚子にプレゼントをしてくれる玲夜へのお礼に、頬にキスをしているなど。

そして、それを見た子鬼がお礼にはキスで返すと覚えてしまったなどと。

学校での子鬼フィーバーは継続中。

なんだかんだでサービス精神旺盛な子鬼たちは、現在教卓の上で最近流行《はや》りのダンス動画を真似てダンスを披露している。

どこからともなくパパラッチが集まり、教卓は子鬼のステージと化した。

さらには、手芸部部長が作ってきた服でファッションショーまで開催され始め……。

もう授業は始まっているのだが、教師までがパパラッチの一員となっているので授業は一時中断。教師が正気に戻るまでの間、柚子は透子と談笑することにした。

「ねえ、柚子は若様のところで暮らしてしばらく経ったけど、若様とは仲良くやってるの？」

「うん。仲良くやってる……とは思う」

「その間はなんなのよ」

「うー……だって、玲夜が私に甘すぎて、どう反応していいか分からなくなる時があるんだもん」

今まで甘やかされて育っていない。誰かに頼ることをしてこなかった柚子には、玲夜の甘やかしをどう受け止めたらいいのか分からないのだ。

「そもそもさ、若様のことは好きになったの？」

「う……」

透子は痛いところをついてきた。

「嫌いじゃない。好き……だと思う。でもそれは玲夜が求める好きなのかなって。玲夜があそこから助けてくれたから感じている好きで、それは好きの種類が違うんじゃないかなって」

「でもさ、前に若様に婚約者がいるって知った時ショック受けてたじゃない。それは好きだってことじゃないの？　なんとも思わない人に婚約者がいたからってショック受けないでしょう」

「そう、なのかな？　でも、まだ怖い……。玲夜は一生離さないって言ったけど、本当なのかなって。いつか、いらないって言われるんじゃないかって、信じるのが怖いの……」

玲夜から向けられる好意はあからさまで、誰がどう見ても柚子を好きなのは明らかだ。

柚子だってそれは分かっている。

そんなストレートに愛情表現してくれる玲夜の態度が、くすぐったいほど嬉しい。

それはもう、玲夜に囚われてしまっているからなのかもしれない。

柚子はもう分かっている。分かっているのだ。

あんなにも愛情を向けてくれ、優しく真綿で包むように大事にしてくれる人が毎日そばにいて、好きになるなという方が無理だ。

それが、助けてくれた恩人に対してか、恋心から感じるものなのか……。

けれど本当は気付いている。でも気付きたくないのだ。

認めてしまったらもう逃げられない。

あと一歩、踏み出す勇気がまだ柚子にはなかった。

「ほら、あやかしはさ、一目見れば花嫁って分かるみたいだけど、そんなの人間の私たちには分かるわけないじゃない？」

「うん」

「私もね、町を歩いていたら突然腕を掴まれて、お前は俺の花嫁だ！なんて言われて。はぁ!?ってなったわけなのよ。新しい勧誘か変態に捕まったと思ったわよ」

「おい」

変態呼ばわりされた東吉が横からツッコミを入れたが、透子は無視。

「それからすぐに家調べられて、一緒に来いなんて言われたけど、速攻断ったわよ。だって初対面の人にそんなこと言われたら、嬉しいより恐怖抱くわよ。仕方ないじゃない。人間の私たちにはさ、花嫁かなんて分からないもの」

「うん」

玲夜に花嫁と言われて戸惑った時のことを思い出して、柚子も深く同意する。

「そう言ったら、にゃん吉の奴、それならこれから好きにならせてやるって宣言して、毎日私に会いに来るようになったの。ストーカーかって、もう恐怖よ恐怖」

今でこそカラカラと笑っているが、確かにストーカー扱いされて警察を呼ばれてもおかしくない行動だ。

「最初は逃げ回っていたんだけど、だんだん話すようになって、なんか気が合うなって感じるようになって。けど、今の柚子ほどじゃないけど、にゃん吉のこと信用できなかったのよね」

「そうなの？」

「そうそう」

仲のいいふたりを見ていると、そんな時期があったのが信じられない。

今のふたりはお互いに信頼し合っているのが分かるから。

自分も玲夜とそんな関係を築けるだろうか。柚子は想像しようとしたけれど、今の柚子にはできなかった。

「そこからどうやって今みたいになったの？」

透子から東吉との馴れ初めを聞くのが初めてだった柚子は興味津々。

　これまでは、花嫁を妹に持つ柚子のことを気遣って、透子は花嫁になった経緯などをほとんど話してこなかったから。

「毎日来ていたにゃん吉が急に来なくなったのよ。そしたらなんだかモヤモヤしてきちゃって。町に出たら、なんとかわいい女の子と腕組んで浮気してたのよ！」

「いや、浮気じゃねえから。母親だから」

「そんなのその時の私は知らないわよ。あんな童顔の母親がいるなんて。にゃん吉が取られるって思ったらすっごく悲しくなって。ああ、私こんなににゃん吉のこと好きなんだなって理解したわけよ」

「そんで、そのまま乗り込んできてぶん殴られたけどな」

「私の愛の重さよ。受け入れなさい」

　そこで、乗り込むあたりが透子らしい。

　普通は浮気されたと、泣き帰りそうなものだが、透子は怒りに変わったよう。

「理屈じゃないのよ、人を好きになるって。柚子も今は悩んでいても、そんなの吹っ飛ぶぐらい、この人が好きだ、渡したくないって思う時が来るわよ」

「そうなのかなぁ……」

「そうそう。……まあ、それが若様とは限らないけど」

　ぼそっとつぶやいた後半の言葉に東吉が反応する。

「おっ前、怖いこと言うなよ。そんなことになったら、こいつ監禁されんぞ。そして、相手は八つ裂きだ。いや、それで済めばいいけど」

「はははっ、冗談よ冗談。けどマジになったらヤバいわね」

残念ながら、柚子が玲夜を好きになろうがなるまいが、玲夜から離れられないのは変わらないのだ。

できることなら透子と東吉のように相思相愛になれることを願うばかりだ。


本日の授業終了のチャイムが鳴る。担任の話を聞き終えると、皆いっせいに動きだした。

ざわざわとした教室で、柚子は鼻歌を歌いながら鞄に教科書を詰めていく。

その隣で、透子はいつも以上に機嫌のいい柚子を不思議そうに見ている。

「柚子、今日はなんだかご機嫌ね」

「今日はお祖父ちゃんの家にお泊まりなの」

「よく若様が許してくれたわね」

「なんとか……ね」

おねだりのための頬へのキスを要求されて精神力を削られたが、なんとか許可をもぎ取った。

まあ、本人は許可を出しておきながら不満そうな顔をしていたが、久しぶりの祖父母との時間。柚子は玲夜の無言の圧力には屈しなかった。

「今日から玲夜が家に帰ってこないから、お祖父ちゃんのところにいた方が私も気が楽だろうって」

常に柚子を目の届くところに置いておきたい玲夜だったが、今日から数日家を空けることもあり、泊まりの許可が出たのだ。

まあ、柚子の知らぬところで護衛は置かれているのだろうが。

「あー、そういえばにゃん吉が当主や偉い人たちが集まるあやかしの会合があるとかなんとか言っていたわね」

「そんなのがあるんだ」

「にゃん吉自身には関係ない話だけど、家からお手伝いとして人をやったりしているみたいね。なんでも、近況報告を兼ねた酒宴を数日に渡って開催するから、人手がいるようよ」

「何日も飲み続けるの？」

「私も詳しいことは知らないけど、あやかしだったらできるんじゃない？　人間ならまず無理だけど」

「だよね」

数日帰らないとしか聞いていなかった柚子は、透子の話に興味深く耳を傾けた。

東吉の家からも人を出すくらいなら、玲夜の屋敷からも手伝いに向かう者がいるのだろうか。

屋敷の人手がなくなるから、柚子のお泊まりが許されたのかもしれない。


迎えに来た車に乗って祖父母の家へと向かう。

あらかじめ話が通されていたようで、車の中には柚子のお泊まりセットが入った鞄が準備されていた。

「あの、家の少し手前で降ろしてください」

柚子がそうお願いすると、運転手は少し渋い顔をする。

「いえ、しかしなにかありましたら……」

その家までの間に柚子になにかあったらと心配しているよう。

「子鬼ちゃんもいるから大丈夫です。さすがにこんな高級車を家の前に停めたら近所で噂になっちゃうので」

祖父母の家周辺の地域はご近所付き合いも密なので、黒塗りの高級車なんかが停まったら何事かと噂になってしまう。悪いことをしているわけではないのだが、祖父母もいらぬ騒ぎは起こしたくないだろう。

何度かお願いしてようやく折れてくれた運転手によって、少し離れた場所で降ろしてもらった。

「ありがとうございました」

「いってらっしゃいませ」

運転手にお礼を言って、歩いて祖父母の家に向かう。

角を曲がってまっすぐ行けば着くのだが、家に近付くにつれて見えてくるもの。

祖父母の家の前には、見慣れぬ白い高級車がドーンと横付けされていた。

気を利かせて離れたところで降りて歩いてきたのに、これでは意味がないではないか。

「誰の車？」

「あい？」

首をかしげる子鬼たちと共に、柚子は不思議に思いながら祖父母の家に入っていく。

玄関で靴を脱いで居間に向かうと、自分の家なのに居心地悪そうにうろうろ歩き回っている祖父の姿があった。

「お祖父ちゃん、ただいま」

「ああ、柚子！　やっと来たか、待ってたんだぞ」

ただ単に柚子が遊びに来るのを待っていたという様子ではない。

「どうしたの？」

「どうしたもこうしたもあるか。柚子にお客様だ」

「お客様？」

柚子が首をかしげると、キッチンから祖母がお盆を持って現れた。

「柚子、いらっしゃい。よかったわ来てくれて。私たちじゃ緊張しちゃって」

「誰が来てるの？」

「綺麗なお嬢さんよ。確か……鬼山桜子さんって言ったかしら。とっても綺麗な方だから、きっとあやかしだと思うんだけど」

「鬼山桜子？」

はて、どこかで聞いた名前だと思考を巡らせる。

少し考え込んだ後、はっとした。

鬼山桜子。

玲夜の婚約者だと思い出した。

祖母からお盆を受け取り、桜子が待つ客間へ。

透子と東吉から玲夜の婚約者の存在を知らされた後、玲夜にも婚約者について聞いていた。正式に婚約は白紙となったという答えが返ってきたので、ほっとしていたのだ。

だがしかし、急に婚約を白紙にされた彼女の方はどう思っているのか。

柚子はそれが少し気になっていた。

政略結婚だとは聞いているが、彼女は玲夜に恋慕を抱いていなかったのかと。

あやかしは強い者を好むと東吉から聞いている。

それなら玲夜はその対象として極上であることは柚子にも分かる。

なんの用で柚子に会いに来たのか。

緊張したまま戸を開ける。

「失礼します」

部屋に入ると、座っていた女性が柚子の方を向く。

その美しい顔《かんばせ》に柚子ははっと息をのんだ。

黒く艶やかな長い髪と、愛らしさも含んだ精巧な人形のような容姿。

間違いなく、これまで柚子が出会った中で一番美しいと断言できる女性だった。

きっと玲夜の隣に立っても、柚子のように見劣りするどころか、これ以上ないほどお似合いだろう。

「あなたが花嫁様ですね？　私、鬼山桜子と申します。突然の訪問、お許しください」

声まで愛らしい桜子の言葉にはっと我に返る。

「いえ、とんでもありません」

座卓を挟んで正面に腰を下ろし、お茶とお茶菓子を桜子の前に置く。

どうぞと柚子がすすめるままお茶を飲む、その一挙一動すら洗練されていて、とても育ちがいいことがうかがえる。

さすが鬼龍院家の次期当主の婚約者に選ばれた女性だと感嘆した。

ゆっくりと湯飲みを置いた桜子の視線が柚子を捕らえる。

「私のことはご存じですか？」

「あ……えっと、玲夜の婚約者だった方としか……。すみません」

「いえ、よろしいのですよ。花嫁様はまだ花嫁となられたばかりですものね。私の家、鬼山家は鬼龍院家の筆頭分家でございます。過去幾度か鬼龍院からお嫁に来られた方もおり、最も鬼龍院に近い家でもあります」

「そうなんですか……」

「高道様のお家と同じく、代々鬼龍院に仕えており、父は現当主様の右腕として、兄はグループの副社長として玲夜様をサポートしております」

柚子は副社長とは一度だけ面識があった。玲夜の社長室で働くようになってすぐに社長室を訪れたのだ。

その時は簡単な挨拶だけであったし、桜河としか名乗らなかったので、桜子の兄だということは今知った。

桜河もまた整った容姿だったが、言われてみれば桜子とはどことなく似ている気がする。

「私も一族より玲夜様の婚約者に選ばれた時にはとても光栄なことと喜びましたの」

うっとりと語る桜子に、柚子は居たたまれなくなる。

その婚約者の座から引きずり下ろしたのは、突然現れた花嫁である柚子だ。

「あの……」

桜子は反応に困っている柚子に気付き、慌てて訂正する。

「ああ、勘違いなさらないでくださいね。婚約が白紙になったことで花嫁様を恨んではおりませんのよ」

本当だろうか？

けれど、柔らかく微笑む桜子からは敵意は感じられない。

「……恨んではおりませんけれど、花嫁様には知っておいていただきたいことがありましたので、今日こちらに参った次第です」

「なにをですか？」

「ご自分の立ち位置と、立場をです。あなたはあくまで花嫁。鬼龍院の家を盛り立てるため、強い次代様を産むための母体でしかないということを。間違っても玲夜様から愛されようなどと分不相応な希望は抱かぬようにとご忠告申し上げに来たのですわ」

桜子は変わらず綺麗で邪気のない微笑みを浮かべている。

けれど、その口から出る言葉は柚子を傷つけるものばかり。

お茶をひと口飲んだことで終わるかと思われたが、次に発せられた言葉は最も柚子を傷つけた。

「玲夜様には以前より愛し合っている恋人がいらっしゃるのですよ」

「恋、人……？　玲夜に？」

口の中がカラカラと乾く。

桜子は〝いる〟と言った。過去形ではなく。それはつまり今もということなのか。

けれど、玲夜はそんな素振りはいっさい見せたことはなかった。

なぜなら、週三日は会社で一緒に過ごし、それ以外の日も仕事が終われば一目散に柚子のもとへ帰ってくるのだ。恋人がいる気配などないではないか。

「そんなの嘘です……。だって玲夜の周りにそんな人いなかったし、玲夜は私のこと愛してくれるって……」

「それは花嫁を逃がさぬための方便でしょう。それを信じてしまわれたのね、おかわいそうに」

桜子は憐憫《れんびん》を含んだ眼差しを柚子に向けた。

その表情は心から柚子をかわいそうだと思っているようだ。

「花嫁様が気付かれぬのも仕方がありませんわ。あのおふた方は周りに知られぬよう慎重に逢瀬《おうせ》を重ねられているのですから」

「でも、あやかしは花嫁を大事に思うものだって……」

「花嫁を選ぶのはあやかしの本能。ええ、それは私も分かっていますわ。けれどあのおふたりは、本能を超えた深い愛でつながっていらっしゃるのです。それまでずっと愛し合っていた恋人と、突然現れた花嫁。理性と本能。いったいどちらが勝つでしょうか？　私は突然現れた花嫁よりも、おふたりが一緒に過ごした時間と想いの方が勝ると思っておりますわ」

「だって……そんな……」

柚子の頭は真っ白になる。それ以上を考えることを拒否するかのように。

婚約者がいたことでもショックだった。けれど、それは一族で決められた政略結婚で、そこに玲夜の心はなかったからすぐに安堵した。

けれど恋人は玲夜が決めた人だ。

花嫁はあやかしの本能が選ぶ伴侶だと言うが、桜子の言うようにどちらが勝るのか。

柚子には分からない。

玲夜の言葉を信じたいと思うのに、そんな人がいたのかと、玲夜への失望も湧き上がってくる。

それと同時に、小さな疑問が。

「桜子さんは玲夜に恋人がいるって知っていて、それなのに玲夜の婚約者になったんですか？」

「ええ、知っておりましたわ。けれど、あのおふたりは決して結ばれぬ仲なのです。私はそれが悔しくてならない。冷酷で感情を表さない玲夜様もあの方にだけは心を許され、とてもお似合いのおふたりですのに。どうやっても結ばれることはない、かわいそうなおふたり……。だから、私は決めましたの。あのおふたりのためにお飾りの伴侶となり、おふたりの仲を密かに見守ろうと」

頬が紅潮するほどに、桜子は熱弁する。とても嘘を言っているようには見えない。なら、これまでの玲夜の言動はすべて嘘だったのか……？

そうは思いたくないのに、目の前の桜子が許してくれない。

「花嫁様は鬼龍院家にとって大事なお方であることは変わりありません。きちんと玲夜様の伴侶として立てましょう。ですが花嫁様は玲夜様の一番ではないことを理解して、決してあの方たちの邪魔だけはなさらないでください」

そう言うと、おもむろに立ち上がった桜子。

「では、私はこれで失礼させていただきます」

「……っ。誰なんですか！　玲夜の恋人って」

「見ていてお分かりになりませんか？」

「………」

分かるはずがない。

玲夜が自分以上に誰かに優しくしているところなど見たことがないのだから。

「高道様ですわ」

柚子は一瞬桜子がなにを言ったのか理解できなかった。

「……はっ？　……え？　高道さん……？」

柚子はぽかんと口を開けた。

「そうです」

「冗談……」

「などではありません。玲夜様と高道様はそのお立場故に、公にはできぬ密かな恋に身を焦がしておいでなのです。できることならば私がおふたりの盾となり、おふたりの恋を応援したく思っておりましたが、花嫁様が現れた以上は仕方がありませんね」

桜子はいつの間にか帰っていた。

机の上には桜子が置いていった冊子がある。

恐る恐る開いてみると、中には写真が貼ってあった。

登場人物は主に玲夜と高道。

高道に対して他人には見せない笑みを向け、信頼を寄せていることが分かるものなどがあった。

そこはまだ許せる。

だが、中には抱き合っているように見える写真やキスしているようなアングルの写真なども交ざっていて、これが証拠だとでも言っているかのようだった。

玲夜も高道も男性だ。世の中にはそういう人たちがいることは知っている。けれどまさか玲夜と高道がそういう関係だったなんて……。

しかし思い返してみれば、確かに玲夜は高道に対して並々ならぬ信頼を置いていた。

あれは秘書だからだと思っていたが、恋人だったからなのか……？

柚子は完全に勘違いしていた。

玲夜と高道にとって不運だったのは、ここに透子と東吉がいなかったことだろう。

ツッコミが不在という不運。

花嫁のことをよく知らない柚子の考えを訂正してくれる者がいなかった。

桜子が帰った後も柚子は心ここにあらずな状態。祖父母と共に夕食をとり、お風呂に入った後も、悶々《もんもん》とさまざまな感情が胸の中で入り乱れていた。

柚子の様子を心配そうに見ていた祖父母だが、柚子はそれに気付く余裕がないくらいいっぱいいっぱい。

夜寝ようと布団に入っても、考えるのは桜子の言葉の真偽のみ。

あのふたりに限って……。

いや、しかし桜子は嘘を言っているようには見えない。

どちらが本当なのか分からず、頭の中を否定と肯定がぐるぐる回って頭を抱えた。

途中、子鬼たちがなにかを訴えるようにあいあいと必死に言っていたが、柚子にはさっぱり伝わらなかった。子鬼たちも伝わらないことにがっくり肩を落としていた。

結局寝た気がしないまま朝になってしまった。

寝不足な顔で起きてきた柚子に祖母は目を見張る。

「柚子、あなた顔がブサイクなことになっているわよ。昨日寝られなかったの？」

「あんまり……」

「ほんとにどうしたの？　昨日からなんか変よ。昨日来たお嬢さんになにか言われたの？」

「ううん、大丈夫。なんともないから」

本当は祖母に相談したい。

しかし、玲夜に恋人がいるかもなどと言えば心配するのは目に見えている。

心配をかけたくない柚子は言葉をのみ込んだ。

それに、ひと晩経って少し冷静にもなれた。

「後で、透子に相談しよう」

花嫁であり友人でもある透子ならば、納得する答えが返ってくるかもしれないと、顔を洗ってさっぱりとした柚子は少し心の中もさっぱりしたような気がした。

やはりなんでも話せる友人がいるのはいい。

居間に行くと祖母が手料理を並べているところだった。

「柚子はお茶碗《ちゃわん》持ってきて」

「はーい」

三人分のお茶碗を用意して、そろっていただきますと朝食を食べ始める。

「ほら、柚子。これが好きだったろう、もっとたくさん食べなさい。ああ、ほらこれも」

これもこれもとどんどん柚子のお皿におかずをのせていく祖父と、それを微笑ましく眺めている祖母。

「お祖父ちゃん、朝からこんなに食べられないから」

「柚子が久しぶりに泊まりに来たから嬉しくて仕方ないのよ」

笑顔が絶えない食事。

こうして心の底から安心した穏やかな時間が過ごせるようになったのは玲夜のおか

げ。

やはり信じたいと柚子は思った。

きっと桜子が言っていたのはでまかせだったのだと。

祖父に勧められるまま食べすぎてポンポンになったお腹をさすりながら、食後のお茶を飲んで、テレビを見ながらまったりと過ごす。

玲夜は今頃なにをしているだろうか。

てっきり玲夜のことだから、頻繁に電話をかけてくると思っていたのに一度もかかってこない。

そのことに寂しさを感じる柚子。

無性に声が聞きたい。

けれど、忙しいのではと思ったらスマホに手が伸びない。

それに、桜子からの忠告が解決したわけではない今の状態でなにを話せばいいのかためらわれる。

だが、屋敷に引っ越してからは学校以外ではずっと玲夜がいた。屋敷で留守番している時も玲夜の気配を感じ取れた。

今はそれがなく、隣にいないことがなんだか心許なく感じてしまう。

祖父母に会えて嬉しいのに、もう玲夜に会いたくなっている自分に柚子は頭を抱えたくなった。

たった一日でホームシックなんて……。

玲夜と出会ってから長くないというのに、すでにかなり深いところまで玲夜の存在が浸食しているのが分かって、柚子は気恥ずかしくなる。

桜子のことを考えると気が重いのだが……。

「早く会いたいな……」

思わずこぼれ落ちた小さなつぶやきを拾った祖母がくすりと笑った。

「ふふっ、柚子はもう鬼龍院さんが恋しくなっちゃったのかしら？」

聞かれてしまったと、柚子の顔が赤くなる。

「そ、そんなんじゃ……」

ないとは言えない。本当のことだから。

「鬼龍院さんとはうまくやっているのか心配だったけど、無用な心配みたいね」

「みたいだな」

祖母の言葉に祖父も微笑ましそうに同意した。

「鬼龍院さんはな、お前の両親との話が済んだ後も俺たちのところに定期的に人を送って様子を見に来てくれているんだよ」

「そうなの？」

「鬼龍院さんは本当に柚子のことを考えているから、私たちにも気を使ってくれているのよ。そんな鬼龍院さんだからあなたを預けることに後悔はないけれど、うまくやっているなら私たちも安心だわ」

柚子の知らないところで祖父母のことも気にかけてくれていたのかと、柚子の心がぽっと灯がともったように温かくなる。

玲夜は柚子の大事なものをすべて守ろうとしてくれている。

「そっか、玲夜にお礼言わないと」

「私たちの分も伝えてちょうだい」

「うん」

その時、ピンポーンと家のチャイムが鳴った。

「あら、誰かしら？」

「私行ってくる」

この家にはインターホンがないため、急いで玄関へ向かい扉を開けると……。

そこにいた人物に柚子は目を大きく開けた。

「お父さん……」

袂《たもと》を分かつことになった柚子の父親。

けれど、父親だけではない。その後ろには母親と花梨までもがいた。

「久しぶりだな」

気持ち悪いほどに笑顔の両親。

「な、なんで……」

柚子がゆっくりと後ずさりすると、それに合わせて父親たちが家の中に入ってくる。

入ってこないでという柚子の思いはうまく言葉にならなかった。

ただただ顔を強張らせる柚子。

「柚子、どなただったの？」

奥から祖母が出てくる。そして柚子の両親と花梨の姿を見ると、「なにしに来たの！」と大きな声をあげた。

その声に慌てて祖父も姿を見せ、祖母と同じように警戒をあらわにした。

「なにしに来たんだ、お前たち！」

祖父が前に出て、柚子を後ろに下がらせると、祖母が柚子の盾になるように抱きしめる。

柚子を守らんとする祖父母の行動に、父親は不快そうに顔を歪ませた。

「人を誘拐犯みたいな目で見るなよ、息子に対して」

「はっ、いけしゃあしゃあとよく言ったものだ。確かにお前は不肖の息子であることは残念ながら事実だが、柚子には犯罪者とそう変わりはない」

「言いすぎじゃないのか、親父」

「そんなことはどうでもいい。なにしに来た‼」

「何度電話しても柚子と会わせようとしないから来たんだろう」

「会わせるわけがないだろ！」

父親と祖父のその会話で、両親が自分と接触を図ろうとしていたことを柚子は知った。

今さらなぜという思いが渦巻く。

「柚子は俺たちの娘だ。親が娘に会おうとしているのになんで邪魔をするんだ⁉　これまでだってこの家に来ようとしたらいつも邪魔が入って。わざわざ鬼龍院の護衛をつけるなんて俺らをなんだと思っているんだ」

柚子がはっと見ると、祖母は苦笑を浮かべた。

どうやらこの両親は何度かこの家に突撃したが、ことごとく玲夜のつけた護衛によって防がれたようだ。

だが、それなら今日はなぜここまで来られたのか。疑問が残る。

その間も両親と祖父の言い争いはヒートアップしていく。

「お前たちはもう親じゃない。養子縁組にサインしたその時からな。そのことは散々電話で話したはずだ！」

「確かにそうだが、あんな紙切れ一枚で納得できるか！　サインだって無理矢理みたいなものだったろう！」

ギラついた父親の眼差しが柚子を捉える。

「柚子、お前は本当にあれでよかったのか？　あんな簡単に親を捨てるつもりなのか？」

「そうよ、柚子。親に反抗したい年頃なのは分かるけど、お父さんもお母さんも柚子のことを大切に思っているのよ。それなのに……。お母さん悲しいわ」

情に訴えかける両親に、柚子は冷めた眼差しを向ける。

大切なとどと、どの口が言うのか。あれだけ柚子の存在を無視し続けていたのに。

「確かに花梨の方を気にかけていたのは申し訳ないとは思うわ。けれど、柚子はお姉ちゃんでしょう？　あまり我儘を言って困らせないで」

ねっ、と話しかけてくる母親を他人を見るような目で見る。

あれからしばらく経ったのに、やはり両親はなにも分かっていないことを実感させられる。

家から出たことを、ただの反抗期や我儘だとしか思っていない。

事態はそれよりずっと重くて深いのに。

柚子はゆっくりと前に出る。

祖母が止めようとしたが、大丈夫だと笑みを向け、柚子を守ろうとするその手をそっと離す。

「帰ってらっしゃい、柚子」

優しい母親のような顔。これまでは花梨にしか向けられなかったその顔を今さら向けられても、柚子の心は微塵も揺らぎはしなかった。

「……私ずっと寂しかった。そうやってお父さんもお母さんも、都合のいい時ばかりお姉ちゃんでしょって私に我慢をしいて、花梨ばかりに目を向けてた。私のことなんて二の次三の次。ふたりの娘は花梨だけだった。そのことで私がつらい思いをしているなんて考えもしない。そんなふたりから愛情を感じたことなんてなかった。でも、今となってはどうでもいい。私には玲夜がいるから」

伝わるとは思っていない。

そんな簡単に柚子の思いが伝わるのなら、とっくに和解していた。

案の定……。

「そんなことないだろう」

「ちゃんとあなたにだって目を向けていたわよ」

両親は自分たちが悪いとは認めない。

認めないというより、本人たちは平等に扱っていたつもりなのだろう。

我が子が親と縁を切るほどに追い詰められていた気持ちを分かろうとはしない。

やはり言葉を尽くしても無理なのだと、失望とあきらめが心を埋める。

けれど、いいのだ。

自分には祖父母がいる。

なにより玲夜がそばにいてくれるのだから。

そんなことを思っていると、花梨の言葉が耳に入る。

「お姉ちゃん、かわいそう」

そう言った花梨に視線を向ける。

その顔は言葉の通り憐《あわ》れんでいるようにも見えるが、嘲笑しているようにも見えた。

「ほんとかわいそう。なんにも知らないで」

「どういう意味？」

「自分が花嫁になって有頂天になっているんでしょ。愛されてないとも知らないで」

「なにを……」

「知らないみたいだから教えてあげる。鬼龍院の玲夜様っていったら、いつも一緒にいる秘書の人と恋仲なのよぉ」

びくりと柚子は怯えた顔をした。

それを見て花梨は勝ち誇ったようにくすりと笑う。

「ああ、なんだ。知ってたんだ、お姉ちゃん。知っているくせにおかしいの。まるで鬼龍院様に愛されているみたいに強気に出るんだもの。お姉ちゃんが必要とされているのは花嫁としての価値だけなのに」

花梨の言葉が刃となって柚子を傷つける。

「玲夜はそんなことない」

否定の言葉を発したが、その声は少し震えている。

「嘘つかなくてもいいよ。だって鬼龍院様と秘書の人が恋人同士だってことは、私の学校じゃあたくさんの人が知ってることだもの」

今度こそ言葉が出なかった。

昨日桜子から知らされて、きっとでまかせだったんだと落ち着いたのに、まさか同じ話題を花梨から聞くとは思わなかった。

桜子ひとりの言葉だったのなら、流すことができた。けれど、花梨からも聞かされ、さらに花梨の学校の人たちまでもが知っていること……？

柚子は混乱した。

嘘ではないのか……。桜子が言っていたのは本当だったのか？

どれを信じればいいのか分からなくなった。

「鬼龍院家はお姉ちゃんが花嫁だから手元に置いておきたいだけ。だからさ、帰っておいでよ」

優しい声で気味の悪い笑みを浮かべた花梨に続いて両親が喚《わめ》く。

「そうよ、柚子。他人なんかより身内の方が信用できるわ」

「そうだぞ。帰ってこい。お前がしたことは怒っていないから」

父親の手が柚子に伸びる。

その手を……柚子は振り払った。

「嫌！」

「柚子!!」

玲夜と高道のことが真実か今は判断できない。けれど、あの家にだけは帰りたくない。

それだけは今、はっきりしていることだ。

「玲夜からどう思われているかなんて分からない。けど、お父さんたちの家に帰るなんて絶対に嫌！　それなら私はお祖父ちゃんとお祖母ちゃんの家にいる！」

「柚子！」

「我儘を言うんじゃない！」

きっと両親と柚子の意見が重なり合うことは一生ないのだろうと思った。

柚子の手首を父親が痛いほどに掴んだ。

「やめなさい！」

祖母がすぐに飛んできて手を離させようとするが、父親の力は強くままならない。

「お袋はかまわないでくれ、これは親と子の問題だ！」

興奮した父親が力任せに自身の母親を突き飛ばす。

思った以上に力が入ったのか、祖母が後ろに飛ばされ尻餅をついた。

「っ、お祖母ちゃん！」

柚子が声をあげると、祖父が駆けつけ様子を見る。

どうやら大丈夫そうだ。

やりすぎたと思ったのか、ばつが悪そうにしていた父親を柚子はギッとにらみつける。

「なんだ、親に対してその目は」

「こんな暴力男、親と思ったりしない！」

「なんだと!?　いいから帰るぞ！」

「嫌！」

ずるずると引っ張られる柚子は抵抗を試みたが、男の力には勝てない。

悔しくて涙が浮かんだ、その時。

「やー」

子鬼たちがぴょんと跳んできて、父親の顔面に張りつきポカポカと叩く。

「な、なんだ!?」

子鬼たちに気を取られ柚子を掴んでいた手が緩んだ隙に、父親から距離を取り祖父母のところへ逃げた。

その間も子鬼たちは父親を攻撃していたが、父親に手で払われる。

しかし、子鬼はクルクルと回りながら綺麗に着地。

そして、某漫画の主人公の必殺技のごとく合わせた手のひらを父親に向けると、青い炎をレーザー光線のように放った。

子鬼の攻撃が当たった父親は文字通り吹っ飛び、玄関の戸を突き破って外の道まで放り出された。

柚子と祖父母はその光景にぎょっとする。

「こ、子鬼ちゃん?」

子鬼を呼ぶと、柚子に向かってドヤ顔でピースをした。

そこらのあやかしよりは強いと聞いていたが、そんな必殺技があるとは……。

「あなた！」

「お父さん！」

その声で柚子ははっとする。

あの攻撃を受けて、ただの人間が無事だろうかと。

しかし、派手な吹っ飛び方をしたわりには、父親はすぐに体を起こした。

満身創痍《まんしんそうい》ではあるようだが、死んではいない。

もしかしたら子鬼たちもある程度手加減したのかもしれない。

「あいあい」

「あーい」

子鬼たちは凶悪な顔でじりじりと両親と花梨に近付いていく。そして再び青い炎を出すと、三人は怯えた顔をした。

「あいあい」

とっとと出ていかないとまた攻撃するぞと脅すような子鬼たちに、三人は顔を青ざめさせ、父親を起こすと逃げるように帰っていった。

招かれざる訪問者が去ったことでほっとした空気が流れると、祖母があっと声をあげた。

「玄関の戸が……」

「あ……」

父親と共に吹っ飛んだ玄関の戸を見て、沈黙が落ちる。

しかし自分たちが起こした事態に気が付いた子鬼たちがあわあわしているのを見て、次の瞬間には笑いになった。

「こりゃすぐに修理業者を呼ばないとな」

「子鬼ちゃんたちはお手柄だったわよ」

と祖母は声をかけて、落ち込んでいる子鬼たちの頭をそれぞれ撫でた。

＊＊＊

一年に一度開かれるあやかしの会合。

それに出席していた玲夜は、各一族の当主との挨拶を終えてひと息ついていた。

毎年数日をかけて開かれるこの会合は、各一族の当主をはじめ、あやかしの中で発言力のある者たちが集う。

初日は一族の当主すべてが集い報告会のようなものが行われるが、それ以外の日はただの酒宴だ。

それ故、初日と最終日以外は出席したりしなかったり、ずっと酒を飲み続けている者がいたりとさまざま。

次期当主として、いずれあやかしたちを取りまとめなければならない玲夜は、連日出席者との話し合いの予定が入っていて、帰る暇はない。

柚子に電話をしている暇もないほど忙しく、柚子を迎えてから半日と離れたことのなかった玲夜は、まだ一日しか経っていないのにすでに苛立ち気味。

それを見ていた高道がせめて電話をする時間ぐらいは確保しようとスケジュールとにらめっこしていると、電話が鳴った。

相手の話を聞くにしたがって、高道の眉間の皺が濃くなっていくのに玲夜は気付いた。

電話を終えた高道はため息をついて眉間を揉みほぐしてから玲夜に体を向けた。

「玲夜様、少々問題が……」

「なにがあった？」

「どうやら柚子様の元家族が突撃をかましたようです」

途端に玲夜の眼差しが鋭くなる。

「護衛はどうした？」

今、柚子がいる祖父母の家には護衛を置いてある。

それは、柚子の両親から柚子に会わせせろという電話が絶えず、さらには家にまで突撃してきたと聞いたからで、祖父母の身になにかあってはいけないと監視させていた。

それからは、柚子の両親が来ても護衛たちが追い返していたのだ。

　さらに今は柚子も泊まりに行っていることから、いつも以上の人数を護衛にあたらせていた。

　元家族といえど、柚子のためにならない者は近付くことすらできないはずなのだ。

「どうやら、ことが終わるまで護衛の誰も気付かなかったようです。恐らくですが、幻惑が使われたかと……」

　幻惑とは妖狐が得意とする術だ。それにより両親と花梨の姿を消し、見つけられないようにしたのだろうと理解した。

「なるほど。せっかく警告で終わらせてやったというのに、この俺と敵対するということか……」

　玲夜の顔に酷薄な笑みが浮かぶ。

「妖狐の当主と面会の要請を」

「かしこまりました。ただちに」

　玲夜の命令にすぐに動きだそうとした高道だったが、ふと言い忘れていたことを思い出して立ち止まった。

「言い忘れておりましたが、桜子が柚子様と接触したようです」

「桜子が？　なんのためだ？」

「そこまでは。……年も近いですし、ただ挨拶に行っただけではないでしょうか」

「そうか。まあ、いい。桜子なら問題は起こさないだろう」

「そうですね」

まさか大問題を引き起こしているとは思っていない玲夜と高道は特に気にすることなく、次の瞬間には桜子の話は頭の隅に消えていった。


狐雪撫子《こせつなでしこ》。

妖狐を取りまとめる妖狐の当主。九本の尾を持つ九尾の狐である。

狐月瑶太の狐月家は、狐雪家を主家とした一族の中でも上位にある家。

当然、瑶太は当主である撫子とも顔見知りである。

柚子の件を知ってすぐに面会予約を取りつけた玲夜だったが、実際に会うことが叶ったのは翌日のことだった。

「若の方から会いたいと切望されるとは、ほんに嬉しいこと」

波打つ白銀の髪は艶やかに輝いて、光を発しているかのような美しさがある。

玲夜の父親よりも年上のはずだが、玲夜と変わらぬ年齢に見えるほど若々しく、それでいて男を虜《とりこ》にするような妖艶《ようえん》さを持ち合わせた美しい女性。

艶《あで》やかな着物がよく似合う。

美しくたおやかな見た目とは裏腹に、その存在感は玲夜と引けを取らない。

実際、撫子は玲夜に次ぐ霊力の持ち主なのである。故に玲夜も礼を失する行いをするわけにはいかない相手だった。

玲夜と撫子のいる部屋にはもうひとりいた。

下座で俯きじっと息を殺しているのは瑶太だった。その表情は暗く、憔悴《しょうすい》しているように見えるが、玲夜にはどうでもいいことだった。

「嬉しいことではあるが、今回はあまり楽しい話ではないようじゃ」

「この男をここに呼んでいるということは理由を話すまでもないようだ。だが、一応聞いておこう。俺の花嫁に害虫を近付ける手助けをしたのはお前か？」

紅い目が瑶太を捕らえる。

低く重い玲夜の問いかけに、瑶太はびくりと体を震わせる。

瑶太の返答はなく、ぐっと唇を噛みしめていた。

「ほんにすまなかったのう。若の言うように、この愚か者は自らの花嫁に乞われ、そちらの護衛の目を騙くらかしたようじゃ」

どうやら撫子はすべてを理解しているようだ。

まあ、当然だろう。鬼と妖狐の対立を起こしかねないことを一族の者がしでかしたとしたら、詳細を調べるのは当然のこと。それ故、撫子への面会を求める時にも、お互いの花嫁に関して話があるとあらかじめ伝えていたのだ。

撫子は玲夜と同じだけの情報を持っていると考えていい。

「瑶太、言うことはないのかえ？」

ぐっと手を握りしめた瑶太は、ぽつりぽつりと言葉を発した。

「俺はただ……花梨の願いを叶えたくて……。姉に会いたいが鬼が邪魔をすると言うから……」

「それで、手引きしたというのかえ？　鬼の目を騙すほどの術じゃ。お前ひとりの霊力では無理じゃろうて。家の者も使ったか」

「はい……」

瑶太は力なく頷いた。

「相手はそちの花嫁の姉ではあるが、若の花嫁であることは知っておったはず。さらにそなたの花嫁とその家族に、若の花嫁がどういう扱いを受けていたか知らぬとは言わせぬ」

「それは……」

知らないわけがない。最も近くで見ていた他人なのだから。

ただ、瑶太の関心は花梨にしかなかったから、柚子がどんな扱いをされていようと興味がなかっただけ。

「分かっていながらその家族を若の花嫁に会わせることでどういう事態が起こるか、

予想できぬほどそちは愚かだったというのかえ？」

「……っ」

玲夜は口を挟みたいのを、撫子の顔を立てて我慢していた。

瑶太にはチャンスを一度与えた。柚子を怪我させた時、本当は半殺しにしても足りなかったが、撫子の一族の者である以上無用な諍いは起こしたくないと、花嫁を守る本能よりも次期当主としての理性を優先させた。

普通ならばあれだけ脅せば鬼に逆らおうとはしない。鬼と妖狐の争いなど、この国にとってでも避けたいことだと子供でも普通に分かることだ。

けれど、その普通でないのが、花嫁を前にしたあやかしだということに玲夜はもっと早く気付くべきだった。

きっと今頃、柚子は悲しんでいるだろう。

縁を切ったといえど、柚子にとっては実の両親。簡単に割り切れるものではないはず。

柚子が苦しんでいるとしたらそれは玲夜の怠慢でもある。護衛を置いておけば大丈夫と安心していて、万が一を考えなかった。柚子の安全を思うなら、徹底的に守るべきだった。

花嫁を持つあやかしの本能を甘く見ていたのだ。

できるならば早く柚子のもとに駆けつけ抱きしめてやりたい。

もう大丈夫だと。なんの心配もいらないのだと。

けれど、それはきちんと後始末をした後だ。今のままでは柚子に合わせる顔はない。

玲夜は、己を律してその場にとどまった。

「花梨が……花梨が願ったんです……俺に。俺はそれを拒否することができなかった。分かってはいたんです。よくないことだと。鬼と諍いを起こすかもと。それでも俺は花梨の願いを叶えたくて……」

以前の玲夜だったらなにを馬鹿なと一蹴していただろう。けれど、柚子という花嫁を得た今の玲夜には、その想いを馬鹿にはできなかった。

でもそれは柚子に関わりがなかったらの話だ。柚子が関わる以上、見過ごすわけにはいかない。

その訴えを聞いた撫子は憐れんだ眼差しを瑶太に、そして一瞬だけ玲夜に向けた。

「ほんに、花嫁を得たあやかしというものは難儀なものよのう。花嫁という存在は時にあやかしを惑わせる。冷静な者ですら愚か者に成り下げる。妾《わらわ》から見ればまるで花嫁とは呪いのようじゃ。そうは思わんか？」

花嫁のことで一喜一憂する様は、他のあやかしから見たら呪いのように見えてしまうのかもしれない。

けれど、玲夜はそれでもかまわない。

「この感情が呪いというなら、甘んじて受け入れよう。なにも執着することがなく、ずっと感じていた空虚な穴を埋めてくれた柚子という存在に救われたのもまた事実だ。そのためなら愚かな男にも成り下がる」

玲夜にとって呪いは喜びでもあった。柚子という存在を与えてくれた。

撫子は扇子で口元を隠し、ほほほっと笑う。

「呪いを喜びと受け入れるか。さすがは若だのう。呪いすら享受する若の器の大きさも見習うべきじゃのう」

撫子は瑶太に視線を向ける。瑶太に言って聞かせるように。

俯くことしかできない瑶太は無言で時が過ぎるのを待っていたが、次の瞬間、玲夜からピリリとした空気が流れる。

「呪いは呪いと受け入れる。だが、理性を捨てたわけではない。この男がしたことは、その理性を捨てる行為だ。妖狐の一族が次期当主である俺の花嫁に不利益を与えようとした。わざわざ護衛を騙してまで。それは鬼に対する叛意《はんい》である」

びくりと瑶太が体を震わせる。

こうなることは分かっていただろうに。それでも止められないあやかしの本能を呪いと言われても仕方がない。

「そうじゃのう、さすがに今回のことは妾からも謝罪しよう」

当主直々に頭を下げる。

「謝罪は受け入れるが、それだけで済ますおつもりか？」

今回のことは鬼と妖狐の全面戦争になってもおかしくない出来事だ。

玲夜がこらえたから大事にはならなかったが、そうでなければ……。

まだこの話は内々のことだし、大事にするつもりはないが、玲夜としては二度も柚子に手を出されて謝罪だけで済ますつもりはない。

すでに、一度警告しているのだから。

「そうじゃのう。確かにこれだけで若の気は収まらんじゃろ。だから、瑶太、お前と花嫁、そしてその両親には罰を与える」

そこで、ようやく瑶太が顔を上げた。

「現在花嫁の家に行っている援助は停止。そして花嫁はあの両親から離し、狐月の家で面倒を見ること。面倒を見るとはつまりは監視しろということだ。そちの花嫁が若の花嫁と接触しないようにな。次に若の花嫁に対して危害を加えた場合、花嫁は両親のもとへ返し、今後二度と接触することは叶わぬ」

「そんな……」

二度と接触するなということは、花梨を花嫁として伴侶にできなくなるということだ。花嫁を持つあやかしにとってこれ以上ない罰と言えよう。

そして、瑶太の援助により借金を返し、何不自由なく暮らしていた花梨の家族にとっても大打撃だ。

「それだけではないぞえ。援助がなくなることで若の花嫁にすり寄ろうとするかもしれぬ。両親は遠い地へ送れ。鬼龍院の機嫌を害したためにそちたちを守るためだとでも言えばよかろうて。その後に援助を切れば問題なかろう」

実際に柚子に会ったことで玲夜の機嫌を害したのだから嘘ではない。

「若はその間に花嫁の祖父母殿を引っ越しなされるがよかろう。万が一にも接触しないようにのう」

「そのつもりだ」

そのつもりで、玲夜はすでに高道に手配させていた。

遠いところにいるから問題なのだ。祖父母ともども目の届くところに置いておけば、今回のようなことは起こらなかった。

「花梨の両親のことは了承しました。けれど花梨のことは……」

「不満かえ？」

「っ……」

不満とは言わなかったが、瑶太のその表情を見れば不満であることがよく分かる。

「なれば、そちがよくよく監視し、言い含めておけばよい。花梨という娘が花嫁でいられるかはそちたち自身の行動次第。それがそちたちへの罰だ。妾は一度口にした言葉は曲げることはない。今度問題を起こせばそちがなにを言おうと花嫁としては認めぬ」

当主である撫子に認められなければ、たとえ花嫁といえど伴侶にすることは叶わないだろう。

「若よ、これでいかがか?」

少し考えて、ここらが落としどころかと玲夜は判断した。

本当ならこの程度の罰は甘いと言いたいところだ。柚子の受けた心の傷はこんなもので済まないと、瑶太の胸倉を掴んで半殺しにしたい。

しかし、それをすれば妖狐一族との関係が悪化するのは目に見えている。

撫子の顔を立てるためにも、これで済ますしかないのが歯がゆい。

「分かった。二度とあの小娘を柚子に近付けるな」

「はい……」

瑶太は力なく頭を下げた。

これで話は終わりだと立ち上がろうとした時。

「そうそう。若を骨抜きにした花嫁が見とうなった。酒宴の最終日には連れてくるといいえ」

「もともと父親に会わせるために連れてくるつもりだ」

「そうか、それはよかった。酒宴の最終日は瑶太も毎年花嫁を連れてくるでのう」

玲夜はギロリと撫子をにらみつけたが、玲夜の冷たい眼差しを受けても撫子はコロコロと笑う。

「なんのつもりだ？」

先ほど柚子に花梨を近付けるなと話していたところだというのに。

「妾は楽しいことが好きなのじゃ」

「そのために自身の一族の者が花嫁を失ってもいいと言うか」

「妾とてそこまで意地悪ではないぞえ。ただ、ちゃんと瑶太が花嫁を抑えられるのか、ちょっとした試験だ」

なにがちょっとした試験だ。それで、瑶太は永遠に花嫁を失うかもしれないというのに。

とはいえ、瑶太が花嫁を失おうがどうなろうが玲夜にはまったく興味はない。

柚子さえ傷つけなければそれでいいのだ。

「柚子に危害を加えなければどうでもいい。三度目はないぞ」

最後に瑶太を牽制《けんせい》してからその場を後にした。

部屋を出ると高道が控えていた。出てきた玲夜の後ろについて歩く。

「柚子につけていた護衛はどうした？」

「すぐに別の者と交代させました。まあ、化かすのが得意な狐の十八番の幻惑の術を見破るのはさすがの鬼であっても難しいですからね。仕方がないと少し不憫に思いはしますが……」

いくら霊力が強い鬼といえど、やはりあやかしそれぞれに得手不得手がある。

「柚子に虫を近付けさせたんだ。なんの罰も与えないわけにはいかない。今度こそちゃんとした護衛をつけたんだろうな？」

「はい。そこは徹底しました」

柚子につけていた護衛たちは、鬼に喧嘩を売る馬鹿はいないだろうという慢心もあったのだろう。むざむざ裏をかかれたばかりか、柚子のもとまでたどり着かせてしまった。

子鬼が活躍したので幸い怪我はなかったが、もしも傷ついていたりでもしたら……。

玲夜の怒りは、その護衛たちにも向けられていただろう。

まあ、今でも怒りは感じているのだが、こんなものじゃ済まなかった。

「柚子の様子はどうだ？」

「落ち着いていらっしゃる様子です。なにを言われたかまでは分からないですが……」

チッと玲夜は舌打ちした。

詳しいことは実際に子鬼と会わなければ分からない。念話の能力もつけておくべきだったと、玲夜は後悔した。

子鬼は柚子を守るためにと戦闘力の方に霊力を注ぎ込んだので、力は強いが意思の疎通がおろそかになっている。

こんなことなら、柚子に盗聴器でもつけておくべきだった。

「高道。アクセサリーに似せた盗聴器を用意しろ。普段から柚子が身につけられるように」

「……恐れながら。さすがに盗聴器などつけたら嫌がられると思いますよ。柚子様はお年頃の女性ですから」

玲夜は再び舌打ちをして、「さっきの話はなしだ」と苛立たしそうにする。

やはり実際に子鬼から情報をもらうしかないと考え直した。

なにに対しても強気な玲夜も、柚子に嫌われるのだけは避けたかった。

「それから、柚子様のお祖父様、お祖母様を屋敷の離れに引っ越しさせるようにというお話ですが……」

顔色をうかがうような高道に玲夜は察した。

「断られたのか？」

「はい。お祖父様とお話ししたのですが、今の家は長年住んでいて愛着もあるから、と。また今回のようなことが起こる可能性があると説得したのですが、柚子様との思い出も深いこの家を離れたくはないとおっしゃられまして」

「そうか」

柚子との思い出の家。

そう言われてしまったら、柚子に甘い玲夜はそれ以上強くは出られなかった。

「ならば、あの家に結界でも張るしかないな。外敵から守る結界を」

害意や敵意を持った相手は入ることができないようにする結界だ。最初からそうしていれば柚子を悲しませることもなかったのだが、準備や工程が大変な上に時間がかかるので、忙しい玲夜はそこまで手が回らなかった。護衛を置いていれば大丈夫だろうと油断していたのだ。その自分の考えの甘さに殴りたくなった。

「こちらで準備いたしましょうか？」

「いや、柚子の祖父母の家だ。今後も柚子が行くことを考えたら、俺が結界を張った方が安心できる」

また人任せにしてなにかあるよりは、自分で満足のいく強力な結界を張る方が、万が一なにかあってもすぐに気付くことができると玲夜は考えた。

「では、そのように」

「いったん屋敷に帰る。柚子にも帰ってくるように伝えてくれ」

「かしこまりました」

酒宴でのやり残した仕事をさくさくと済ませると、玲夜は屋敷に帰るべく足早に車へと向かう。

その途中。

「あれぇ、そこにいるのは愛しの我が息子じゃないかぁ」

「あらぁ、ほんとだわぁ！」

聞き覚えのある間延びしたきゃぴきゃぴとした声に、玲夜の眉間に皺が寄る。

関わり合いになりたくない玲夜は聞かなかったことにして足を速めるが、後ろからドタドタと足音が近付いてくる。そして、背中から勢いよく抱きつかれた。

右に男性、左に女性が、がっちりと玲夜の腕を掴んでいる。

「離してください。父さん、母さん」

「だってぇ、玲夜君が無視するんだもん」

そう言ったのは、玲夜の父親である。

柔和で優しげな面立ち。明るく常にテンション高めの性格。威厳の欠片もないが、地位も霊力の強さも名実共にあやかし界のトップに立つ鬼龍院の当主、鬼龍院千夜《せんや》である。

「やっぱり相変わらずのイ・ケ・メ・ン。でももっと笑った方がいいわよぉ」

そして玲夜の左腕に抱きつくこの女性。

緩いパーマのかかった肩までの茶色い髪。平均的な女性より小柄で幼げな雰囲気を持った、美女というよりかわいいという表現が似合うこの女性が、玲夜の母親である鬼龍院沙良《さら》だ。

このふたり、本当に玲夜の両親かと疑うほどに玲夜とは性格が似ていない。

明るく社交的でいつもニコニコと笑みを浮かべた両親に比べ、人を寄せつけない雰囲気で、触れれば切れそうな威圧感を持った、滅多に笑わない玲夜。

初対面の者は大抵驚くのだが、間違いなく血のつながった実の親である。

よくよく見ると千夜とは顔立ちが似ていて、玲夜と同じ黒髪に紅い目をしているので血縁者であることが分かるが、性格も雰囲気も違いすぎて正直自分はもらわれっ子なのではと玲夜は今でも疑っている。

だが、残念ながら沙良がお腹を痛めて産んだ事実は覆らない。

「ねぇねぇ、今日は玲夜君の花嫁は来てないのかい?」

「ええ。最終日には連れてくるつもりです」

「きゃあ、楽しみだわ。仏頂面の玲夜君が花嫁ちゃんの前ではどれだけデレデレになるのか見ものね」

「うんうん、楽しみだなあ」

きゃいきゃいと喜ぶ両親に挟まれて、玲夜は居心地が悪い。

柚子以外で玲夜を振り回せる貴重な存在だ。

「……今急いでいるので、離れてください」

「えぇー、もう?」

玲夜の母が正面から抱きついて、玲夜を引き止める。

玲夜の父親はにやにやした笑みを浮かべて玲夜から手を離した。

「沙良、玲夜君は早く愛しの花嫁ちゃんのところに帰りたいんだよぉ」

「あら、そうなの？　そうなのね。若いっていいわぁ！　昔を思い出しちゃう！　メロメロなのね」

「そうそう、メロメロなんだよ〜」

なにやら勝手に盛り上がっているが、離れたことにほっとする。

「今度は狐につままれないように気を付けるんだよぉ。鬼龍院の次期当主がそんなんじゃ頼りないからねぇ」

玲夜ははっとして父親を見た。

ふざけた言動をしているが、やはり鬼龍院の当主。

その雰囲気から侮る者は一定数いるが、それはほとんど下位のあやかしだ。

千夜は、見た目でその力量は測れないという代表みたいな存在。

威厳は皆無のような雰囲気だが、この千夜に心酔しているあやかしは多い。

どうやらすでに玲夜の情報は把握しているようだ。

「言われずとも」

次期当主に相応しいしっかりとした玲夜の返事に満足そうにすると、沙良を伴ってまた酒宴へと戻っていった。

「戻るぞ」

「はい」

両親の背を見送ってから、高道を連れて急ぎその場を後にした。


屋敷に戻ってきた玲夜は使用人たちからまだ柚子が戻っていないことを確認する。

「すでにあちらの家は出ているようですので、すぐに戻られるでしょう」

「ならば外で待つ」

心ない言葉に傷ついているだろう柚子に、一番に会いたい。

会って、お前には俺がいるから大丈夫だと安心させてやりたかった。

今か今かと待っていると、柚子を乗せた車が戻ってきた。

すぐに駆け寄ろうとした玲夜だったが、高道に声をかけられた。

「あっ、玲夜様」

「なんだ?」

「胸元が汚れております」

言われて見てみると、確かにネクタイに汚れがついていた。

「きっと大奥様のファンデーションでしょうね。少し失礼いたします」

先ほど抱きつかれた時にでもついたのだろう。

高道はハンカチを取り出すと、少し身をかがめてネクタイの汚れを拭う。

その直後。

「玲夜!!」

まるで怒鳴りつけるような柚子の声が玲夜を呼んだ。

＊＊＊

両親と花梨の突撃があった後、玲夜がつけていたらしい複数の護衛が慌てたように家に駆け込んできた。

柚子の無事な姿を見てほっとしたような顔をした後、どこかへ電話をかけたりとバタバタ走り回っているのを、柚子は見ているしかできなかった。

子鬼はなにやらぷんぷん怒って護衛たちに文句をつけていたが、まったくなにを言っているのか分からないので護衛たちも困惑顔。

しかし、怒っているのは伝わったようで、子鬼に対して平身低頭で謝っていた。

大の大人が小さな子鬼にそろって怒られている姿は笑いを誘った。

しばらくすると護衛が呼んだのか、玄関の戸の修理業者がやってきて、玄関を修理して帰っていったのを見てやっとひと息つけた。

途中、護衛のひとりから電話を渡された祖父が、電話の相手らしい高道となにやら話していたようだが、柚子はなんの話だったかは教えてもらえなかった。

翌日、あからさまに護衛の人数が増えていて柚子は驚いた。

柚子や祖父母は玲夜のつけた護衛だと分かっているからいいが、見慣れぬ複数の人たちが家の様子をうかがっていていたら不審すぎる。

この辺りはご近所付き合いも深いので、知らぬ人がいればすぐ分かるのだ。

これはちょっと問題だと、祖母が護衛の半分ほどを家の中に招いた。

最初は断っていた護衛たちも、「近くにいた方がより守りやすいわよ」という祖母の強い押しに負けて、普通に居間で団欒《だんらん》を楽しむことになった。

祖母が聞き上手なのか、最初はちょっとした世間話だったのがどうしてそうなったのか、いつしか彼らの身の上話や仕事の愚痴を聞くことに。玲夜様が超厳しいんですよ、と涙ながらに訴える護衛になにを言ったらいいか困った。

そんなこんなで時間は過ぎていく。

やがて高道から護衛に連絡があり、屋敷に帰ってくるようにと言われた。

しかし、また両親や花梨が押しかけてくるのではないか……。

祖父母を置いていくことにためらいがあったが、祖母に愚痴を聞いてもらってやけに仲良くなった護衛の人たちがいてくれるというので、柚子は安心して帰ることにした。

「じゃあ、また来るから」

「ええ、いってらっしゃい」

「鬼龍院さんと仲良くな」

「……うん」

両親と花梨の突撃があったことで、桜子が落としていった爆弾のことをすっかり忘れていた。それどころではなかったとも言うが、透子に相談しようと思っていたのにできぬまま帰ることになってしまった。

護衛の人の話では、玲夜も今日帰ってくるらしい。

きっとそばには高道がいるのだろう。どんな顔をして会えばいいのか。

ちゃんと普段通りにできるか柚子は心配だった。

あからさまに態度がおかしかったら玲夜は気付くだろう。

この際ふたりは付き合っているのかと正直に聞いてみようか。

けれど、もしイエスという言葉が返ってきたら……。

「う〜」

柚子は頭を抱えた。

そんな柚子をミラー越しに見た運転手は「頭でも痛いのですか？」と心配そうに聞いてきた。

「いえ、なんでもないです！」

まさか運転手に相談するわけにもいくまい。

少し前まで玲夜に早く会いたいと思っていたのに、今は会うのが少し怖い。

そうこう悩んでいるうちに柚子を乗せた車は屋敷に着いてしまった。

車が止まって外を見ると、玄関前には玲夜と高道が。

ふたりはなにかを話している。

――と、高道が玲夜の前に立ち身をかがめた。

ゆっくりとふたりの顔が重なる。

それを見た柚子は愕然とした。

今、キスをしていると。
やはり桜子が言っていたのは本当だったのだと。
頭が真っ白になった柚子は、考えるより先に体が動いた。
車を飛び出し、一目散に玲夜のもとに駆け出すと、玲夜の名を叫んだ。
「玲夜！」
嫌だ。
嫌だ。
嫌だ。
柚子の心を占めるのはそんな強い想い。
玲夜は自分を花嫁だと言った。
愛してくれると。
傷ついていた柚子の心に、その言葉がどれだけの救いとなったか。
戸惑いもあった。本当に自分でいいのかと。
けれど今はそんなためらいなどすべて吹っ飛んでいた。
ただ思うのは、玲夜を取られたくないということ。
これが恋愛感情なのか、独占欲なのか、恋愛を知らない柚子は分からない。
けれど、それでもいいと思った。

『理屈じゃないのよ、人を好きになるって』

そう言った透子の言葉が頭をよぎる。

その通りだ。

なんだかんだと理屈をこねて最後の一線を守ろうとしていたが、ふたりがキスをするのを見て、すべてどうでもよくなった。

それよりも玲夜が自分以外を選ぶことの方が嫌だった。

柚子は危機感を目の前にして、やっと最後の一歩を踏み出す。

「柚子……」

駆けてくる柚子に気付き、高道と離れる玲夜。

柚子はそんな玲夜に飛びつき、玲夜の唇に自身の唇を押しつけた。

キスと言うには色気もなにもないその行為。

唇を離して玲夜を見ると、驚いた顔をしていた。

それはそうだろう。これまで頬にすることはあっても、決して唇にはしなかった柚子が急にこんなことをしたのだから。

けれど、柚子は驚いている玲夜にかまわずしがみつく。

離れていかないで、というように。

「玲夜が好き！」

叫ぶような告白をすると、玲夜は大きく目を見開いた。

もう逃げることはしない。自己評価の低さが変わったわけではないが、逃げることで大事なものを手からこぼしたくはなかった。

「柚子、どうしたんだ急に……」

「玲夜が好きなの。だから……だから、高道さんじゃなくて、私を好きになって！」

自分を見てほしいと、心から懇願する。

すると、玲夜は困惑した表情になっていく。

「高道？　どうしてそこで高道が出てくる？」

「だって、玲夜と高道さんは付き合っているんでしょう⁉」

「……どうしてそう思った？　誰かになにか言われたのか？」

高道との関係を否定しなかったことで、柚子は桜子の言葉が真実なのだと確信し、涙が浮かんだ。

「桜子さんが……。それに花梨も、学校でいろんな人が知っていることだって……」

チッと舌打ちした玲夜は怖い顔をして、柚子を抱き上げた。

「えっ、玲夜？」

慌てる柚子にはかまわず、高道に指示を出す。

「すぐに桜河と桜子を呼べ！」

「かしこまりました」

柚子を抱き上げたまま、ずんずんと屋敷の中に歩いていく玲夜。

その後ろでは、高道が電話に向かって「いいから今すぐ桜子を連れてきなさい！」と叫んでいるのが聞こえた。

その姿は玄関の戸が閉められたことで見えなくなった。

玲夜は未だ柚子を抱き上げたまま屋敷の中に入っていこうとしたが、柚子があることに気付いて玲夜を止める。

「玲夜、靴、靴脱がないと！」

すると出迎えに控えていた雪乃が素早く柚子の靴を脱がした。

そしてそのまま連行されるように玲夜の部屋へと連れてこられた柚子は、ようやくソファーに下ろされほっとした。

しかし、それもつかの間。玲夜の顔が近付いてきて、柚子の唇を塞ぐ。

驚いた柚子は目を見開いて固まった。

以前柚子の言葉に怒った玲夜が勢いでキスをして以来、玲夜からキスをしてくることはなかった。柚子の気持ちが追いついてくるのを待っていたのだろう。

それなのに、今はなんのためらいもなく柚子に口づける。

抵抗も忘れた柚子に対してキスはだんだんと深くなり、柚子は酔わされた。

ようやく離れた時には、顔を真っ赤にして息を乱していた。

玲夜は両手で柚子の頬を包む。

唇は離れたが、玲夜の顔はすぐ近くにある。目をそらそうにもそらせない。

紅い目が柚子を見つめる。

「俺が高道と付き合っていると思っていたのか？」

まるで叱責されるように問いかけられる。

「だって、桜子さんも花梨もそう言って……っ」

そう言っていたと告げる途中で、再びキスで塞がれる。

すぐに離れたが、玲夜は怒っているような表情をしていた。

いや、怒っているのだ。初対面の桜子や、散々柚子をないがしろにした花梨の言葉を信じたことを。

「俺は何度も言ったはずだ。お前を愛していると。俺なりに大事にしてもきた。それなのに、俺よりも桜子や妹の言葉を信じたのか？」

「……っ。だって、だって……」

柚子とて信じたくなかった。けれど皆が知っている事実だと言われたら、弱い柚子の心はどうしたって揺れてしまう。

それに……。

「だって、さっきも高道さんとキス、していたじゃないっ」

「さっき？　いつだ？」

「私が帰ってくる時。車の中から見えていたもの。高道さんから顔を近付けていって、玲夜も受け入れてて……」

思い出すだけでも悲しくなる。

しかし、玲夜は深いため息をついた。

「ちゃんと見たのか？」

「えっ？」

「ちゃんと俺と高道がしているのを見たのか？　柚子からじゃ高道が背を向けていたはずだ」

「でも、しているように見えた、から……」

そう言われてみれば、実際に唇同士がくっついているところは見えなかった。

ふたりの姿を見た瞬間に頭が真っ白になって、キスをしたんだと思い込んで……。

柚子はなにか多大な勘違いをしているような気がしてきた。

「あれは、俺のネクタイについた汚れを高道が取っていただけだ」

「えっ、えっ？」

混乱してきた柚子。

「だって、そう見えて……」

「お前の早とちりだ、柚子」

「…………」

ぱくぱくと口を開いたり閉じたり、うまく言葉が出てこない。

「……そ、それは勘違いだったとして、他にも証拠はあるのよ」

「証拠？　見せてみろ」

柚子が鞄を探してきょろきょろすると、ちょうどタイミングよく子鬼たちが運んできてくれた。柚子はお礼を言って、鞄を漁《あさ》り、桜子から渡された冊子を渡す。

仲良さげなふたりの写真がびっしりと貼られたそれを見た玲夜は、ぽいっとゴミ箱に放り入れた。

「くだらない」

柚子をどん底まで悩ませた写真集は、たったひと言で一蹴された。

「くだらないって」

「くだらないだろう。あれのどこが証拠になる。そう見えるように撮っただけだろう。もっと決定的なものを持ってこい。まあ、そんなものはないがな。俺と高道は出会った時からただの主人と秘書の関係だ。それ以上でもそれ以下でもない」

きっぱりと断言した玲夜の言葉に、柚子の心は揺れる。

した。

「本当だ。俺は柚子には嘘をつかない。信用しろ、お前が惚れた男を」

途端に色気を出して柚子の頬を撫でる玲夜に柚子は頬を赤くする。

勢いに任せて告白するなんて、とんでもないことをしてしまったと、今さら思い出した。

「本当に？」

玲夜を見ると、口角を上げて不敵に笑っている。

「初めてだな。柚子から好きだと言われたのは」

「あ、あれは……その……」

恥ずかしい。顔を背けたい。

けれど、玲夜の手が柚子の頬を捕らえているのでそれもできない。

「なんだ、嘘だったのか？」

分かっていて言っている。意地の悪い笑み。

「嘘じゃない。玲夜が好き……だと思う」

「最後のは余計だ」

どこかあきれたような優しい笑み。

柚子の虚勢も玲夜には通用しない。

そっと抱き上げられ、膝の上に乗せられると、ぎゅっと抱きしめられる。

数日ぶりの玲夜の温もり。

その温もりに安心感を抱くようになったのはいつからだったか。

「やっとその言葉を聞けたな。ずっと待っていた」

玲夜の美しい紅い瞳に囚われる。

「柚子の気持ちが追いつくまではと我慢していたが、これからは容赦しないから覚悟していろ。二度と俺の想いが嘘だと言えなくしてやる」

「お、お手柔らかにお願いします」

じゃないと、心臓がもちそうにない。

そう思う柚子の唇に、玲夜は優しいキスを落とした。

お互い特になにかを話すわけでもなく、そっと寄り添っていたが、無言でも気まずさはいっさいない。

それどころか、時々思い出したように柚子にキスを仕掛けてくる玲夜からは、甘い空気があふれ出ていて……。

先ほどの宣言通り、柚子と両想いになったことで、玲夜の溺愛のたががが外れたかのように空気からして甘い。

柚子の髪をいじり、頬に触れ、目が合えば優しい笑みで唇を寄せる。

これまでは、柚子の気持ちを考えて、一線を置いてくれていたのだと思い知らされる。

嬉しいような、恥ずかしいような居たたまれなさを感じるが、その場から逃げようという気持ちは起きなかった。

しばらくふたりの時間を過ごしていると、部屋の外から高道の声が聞こえてきた。

「玲夜様、桜河と桜子が参りました」

桜子と聞いて、柚子はびくりと体が反応する。

「大丈夫だ」

玲夜は柚子を安心させるように背を撫でる。そして、柚子を抱き上げると、部屋を出た。

向かったのは、十畳ほどの和室で、この屋敷の中では比較的狭い部屋だ。

当然のように上座に座った玲夜の隣には柚子。その正面にいるのは桜子と、男性の方は一度会ったことのある桜河だと思い出した。

玲夜の会社の副社長でもある桜河と、桜子がなぜ一緒にいるのか不思議に思ったが、次の桜河の言葉に納得する。

「このたびは、妹の桜子が失礼をいたしました！」

見事な土下座を披露する桜河に、ふたりは兄妹だと桜子が言っていたのを思い出した。

「お兄様、私は失礼なことなどいたしておりません」

眉を下げる桜子は庇護欲《ひごよく》を誘う儚さを出しており、見る人が見れば桜子は悪くないとかばってしまいそう。

しかし、桜河はそんな桜子の頭を鷲掴《わしづか》むと、強制的に頭を下げさせた。

「このドアホ！　お前はいつから自殺志願者になったんだ。花嫁様に余計なことを言って、玲夜様に消されたいのかっ！」

べしっと兄の手を振り払った桜子は憤慨する。

「まあ、なにをおっしゃるの。余計なことなど言っておりませんわ。私は花嫁様のためにも、いらぬ期待を持つのは悲しむだけだとお教えしただけですのに」

「それが余計だと言うんだ！」

「お兄様は高道様の友人ですのに、友に恋敵ができてなぜ黙っておりますの⁉　主人たる玲夜様にとっても忠誠心が足りませんわ。おふたりの仲を花嫁様にお教えして、わきまえた行動をしていただかなければ。おふたりの仲が悪くなられたらどうなさるおつもり？」

「そこからが、大間違いだと言うんだぁぁぁ！」

桜河の絶叫が部屋に響き渡る。

玲夜の横に控え座っていた高道は目を瞑ってこめかみを押さえた。

「桜子。なにを勘違いしているのか分かりませんが、玲夜様と私は恋仲などではありませんよ」

「いいのですよ、高道様。私はちゃんと分かっております、隠さずとも私は男性同士の恋愛に偏見はございません。確かにお立場的に言い出しづらいとは思いますが、愛に身分も性別も関係ございませんわ」

私は分かっていますわという顔をされ、高道も困惑顔だ。

「……桜河」

高道が桜河に助けを求めると、桜河は拳を掲げ、そのまま桜子の頭に振り下ろした。

「きゃっ。痛いです、お兄様。なにをなさるの？」

痛みのあまり涙を浮かべる桜子に桜河はさらに顔面を鷲掴み、アイアンクローを決める。

「もう、ほんと頼むからこれ以上口を閉じてくれ。お兄様は恥ずかしくて恥ずかしくて……」

桜河は空いているもう片方の手で自分の顔を覆った。

「よくできた妹だと思っていたのに、こんなに腐っていたとは……。お兄様は嘆かわしいぞ」

成り行きを見守っていた柚子が初めて声を出す。

「桜子さんはどうしてふたりが恋人同士だとそこまで断言されているんですか?」

その問いに同意を示したのは高道。

「まったくです。私と玲夜様がそんな仲だと疑われるなど、私の忠誠心を歪まされたようで不快ではありませんか。玲夜様に対しても不敬です。いつからそんな目で見られていたのか……」

まさか、玲夜との仲をそんなふうに見られていたとは思わなかったらしい。

それについては、桜河も思うところがあるらしく、苦虫を噛み潰したような顔をした。

「そのことは一概に桜子だけを責められないっていうかぁ。原因は玲夜様と高道にもあったりするんですよ」

高道が「どこに原因があるんですか?」と問いかける。

桜河は、未だ厳しい表情をしながらも黙っている玲夜と、高道に視線を向けた後、頭をかいた。

「いや、それが玲夜様ってどんな美女から声をかけられても見向きもしないじゃないですかー。そのせいで前々から同性愛者疑惑はあったんですよ。でも男性にも厳しいのは変わらなくて。けど、高道だけは一緒にいることを許したり、接し方が優しいから、高道がその相手じゃないかと。特に年頃の女の子の間で噂になってたようで」

「そんなことになっていたのですか⁉」

初めて知った事実に衝撃を受ける高道。

「実際は希望と願望を大いに含んだ妄想みたいなものだったらしい。ほら、玲夜様も高道も顔がいいし。けど、一部の女の子はそれを本気にしていたらしくって。……まあ、そのひとりが我が妹というのが悲しい話なんだけど」

「本気もなにも事実なのです！　私は分かっていますわ。ですから私はおふたりの仲を見守ろうと決意したのです！」

「私と玲夜様の間にあるのは主従愛だけです！」

「けれど、高道様は仰っていたではありませんか。花嫁様は玲夜様に不釣り合いだと、そうお怒りになっていたでしょう！」

「それはそれ、これはこれです。いかに敬愛する玲夜様を独り占めされて憎々しく思おうとも、それを表に出す無能な秘書ではありません！　柚子様が花嫁である以上、立派にお仕えしてみせます！」

ぎゃあぎゃあと言い合うふたりを見ていた玲夜が、ようやく言葉を発した。

「高道と桜子はあんな性格だったか？」

ちょっと困惑すら抱いていそうな玲夜に、桜河がツッコむ。

「いや、玲夜様が人に無関心すぎるだけで、このふたりは昔からこんな感じですよ」

「……そうか。桜子はもっと大人しい女だと思っていたんだが」

柚子も口には出さないが、普段柔和な笑みで影のように寄り添う高道のギャップに驚いていたりする。

けれど、昔から知っている玲夜が驚いているというのは、結構問題ではないのか。

他人に無関心だったと聞いてはいたが、高道に対してもそうだとは。

今回の事件はそんな玲夜の無関心さがそもそもの原因のような気がする。

「桜子の通うかくりよ学園では一部で噂になっているらしいから、それを妹ちゃんが聞いたんだと思う。本当に申し訳なかった」

「いえ、誤解も解けたし気にしないでください」

「いや、桜子がしたことは問題だ。しかも、こいつこんなものまで持ってやがった」

そう言って、桜河は柚子と玲夜の前に薄い本を何冊か置いた。

「ああ！　お兄様、それは私のコレクション！」

声をあげる桜子を無視して、玲夜がそれを手に取り中を見る。

すると、いつもクールな玲夜が眉間に皺を寄せ、ブルブルと手を震わせている。

不思議に思って、横から覗《のぞ》き込むと、柚子は固まった。

それは玲夜と高道によく似た人物が絡み合う、子供には見せられない過激な漫画だった。

「ちなみに、それはかくりよ学園の漫画同好会に描かせたらしく、ほんの一部です」

玲夜は無言でべしっと畳に叩きつけると、すぐさま青い炎ですべて燃やし尽くした。

「きゃあぁぁ、私のコレクションがっ！」

「こんなものまで……。なにを考えているのですか、桜子！」

悲鳴をあげる桜子を高道が叱責するが、桜子の意識は燃えかすとなった本のなれの果てに向かっている。

少し考え込んだ後、玲夜は口を開いた。

「高道、桜子」

静かな声だったが、ふたりはぴたりと声を止めた。

「桜子、お前がなんと思おうと、俺が愛するのは柚子ただひとりだ」

「でも、高道様は……」

「何度も言っているでしょう。私が玲夜様にあるのは敬愛です。確かに桜子の前で柚子様を非難する発言をして勘違いさせてしまった咎《とが》は私にもあります。けれど、私の想いを穢《けが》す真似は桜子といえども許しませんよ」

「高道の言う通りだ。俺の唯一は高道ではない。柚子だ。それを勘違いし、柚子の心を傷つけたお前には怒りしかない」

玲夜の声はとても静かだった。決して声を荒らげなかったが、だからこそひやりとした恐さを感じた。

ここまで言って、やっと桜子は自身の勘違いに気付き始めたよう。

「本当に高道様とはなにもないのですか？」

「くどい」

「……そう。そうなのですね」

悲しそうに目を伏せる桜子。

やっと理解したかと、玲夜以外からほっとした空気が流れる。

「二度目はない」

「……はい」

桜子は柚子に向き直ると、その場で頭を下げた。

「花嫁様、このたびは私の勘違いにより悲しませるようなことを言ってしまい申し訳ございませんでした」

「あっ、いえ」

急に謝られても、柚子もなんと返事をしていいのか困った。

ただ……。

「勘違いが解消されてお互いよかったということにしましょう」

「まあ、花嫁様。なんてお優しい」

許す選択をした柚子に、桜子は感動したようだ。

けれど、許すことにしたのは柚子だけ。

「こんな問題を起こした罰として、桜子は残りのコレクションを高道にすべて渡すように。高道、ひとつ残らず焼き払え」

「かしこまりました、玲夜様」

「そんなっ！」

桜子はこの世の終わりのような顔をした。

「漫画同好会のも忘れるな」

「ひとつ残らずこの世から抹消し、二度とこのようなものを作り出さないように、しっかりと圧力をかけておきます」

他人事でない高道の気合いは相当のものだった。

「あんまりですわ」

涙を浮かべてコレクションを死守しようとした桜子だったが、玲夜にも高道にも聞き入れられることはなかった。

桜子にとっては最大級のお灸《きゅう》となったようだ。

4章

誤解も解けて大団円。

……と、言いたいところだったが、約一名、そうとは言えない状況の者がいた。

目の下にクマを作り疲れ切った悲壮な顔で現れた高道に、柚子はよほど仕事が忙しいのかと心配に思う。

しかし、それにしては玲夜は一日柚子にべったりしていて、むしろ暇そうだ。

高道に理由を問いかけても、うまくはぐらかされる。

それならと玲夜に聞くことにしたが、頭を撫でるだけで教えてはくれない。

頭を悩ませる柚子に答えを持ってきたのは、用事があって屋敷にやってきた桜河だった。

どうやら、桜子の発言から、高道が柚子のことを陰で愚痴っていたことが玲夜に知られ、その罰を受けたらしい。

なにをされたのかと聞けば、「世の中知らない方がいいこともある」と言って、達観した表情で桜河は去っていった。

結局詳細は不明のままだったが、どうやら高道は玲夜にお仕置きされたらしいことだけは分かった。

柚子としては、高道によく思われていなかったことが少しショックだったが、直接嫌みを言われたわけでもないので、気にしないことにした。

そんなことよりも気にしなければならないことが柚子にはあった。

現在行われている、あやかしたちの酒宴。数日かけて行われるその酒宴の最終日に、柚子も参加することが玲夜から伝えられたのだ。

しかもその時に玲夜の両親と顔合わせをするらしい。

もし嫌われたら……。お前のような花嫁は認めん！などと言われてしまったらどうしようと、嫌な想像ばかりしてしまう。

そんな柚子に、雪乃は気にする必要はないと言う。むしろ撫でくり回され、かわいがられるだろうと。

しかし、普段の玲夜から、厳格な父親と礼儀に厳しい母親を想像していた柚子は、縮み上がりそうな心持ちでその日を迎えた。

当日、玲夜から贈られたのは、淡いピンク色の振袖。柚子の性格を慮ってか、決して派手ではなく、かといって地味でもない華やかさも持ち合わせた、柚子の好みを絶妙についた花柄の綺麗な着物に、一時的に悩みも吹っ飛びテンションが上がる。

雪乃をはじめとした数人の使用人たちにより化粧をされ、髪も綺麗に結い上げられ髪飾りを挿される。

鏡に映った姿を見れば、自分ではないような綺麗な出来栄えに嬉しくなった。

「玲夜、どう？」

嬉しさのあまり興奮から頬を紅潮させて、玲夜の前でくるりと回ってみせると、玲夜はそれは優しい笑みを浮かべて柚子を引き寄せ頬に口づけを落とした。

「綺麗だ。誰にも見せないように閉じ込めておきたいぐらいに」

そんな甘い言葉を囁く玲夜も、今日は柚子と同じく和装だ。深緑色と黒色のグラデーションが綺麗な色紋付の袴姿《はかますがた》。

屋敷では着物でいることがほとんどなので和装姿は見慣れているはずなのだが、正装をした玲夜はいつも以上に格が上がっているように感じる。

そんな玲夜に甘い言葉を吐かれたら、柚子は恥ずかしさでどうにかなってしまいそうになる。

玲夜に想いを伝えてから、どこかふたりの雰囲気は変わったような気がする。

具体的にどこがというわけではないが、これまでより気持ち的な距離が近付いたように思える。

玲夜から発せられる甘い言葉も、これまでは戸惑いが大きかったが、すんなりと心の中に入り込み、受け入れることができるようになった。

玲夜への好意を認めたことで、自然と信じられるようになった気がする。

柚子の心境の変化を玲夜も感じたのか、今まで以上に柚子への接し方が密接になった。

それはもう周囲が微笑ましいを通り越して、目のやり場に困るほどの溺愛っぷりだ。

玲夜にエスコートされ、車に乗って酒宴が行われている会場へ向かった。

門に入ってから、深い木々に囲まれた長い道を抜けた先にあったのは古い洋館だった。

どれだけの敷地があるのだろうか。そこは都会のど真ん中にありながら、辺りはとても静かで、まるで別世界に入り込んだような気持ちになった。

「ここが、酒宴の会場？」

「ああ。毎年ここで行われている。静かだろう？」

「うん、すごく。それになんだか空気が澄んでるみたいな気がする」

「ここは、各家の当主によって結界が張られている。外とは隔絶された空間になっているからそう思うんだろう。招待された者しか入ることはできない。無断で入れば、ここまでに通った森の中で永遠に彷徨うことになる」

何気に怖いことを言っている。自分は招待されているようなので大丈夫だろうと思うも、念のため柚子は玲夜の袖を掴んだ。

「入ろう」

「う、うん。玲夜のご両親も来ているんだよね？」

「ああ」

緊張が最高潮に達しようとしている。

顔が強張る柚子を見て、玲夜は小さく笑うと頭をぽんぽんと撫でた。

「大丈夫だ。柚子が思っているような怖いことにはならない。むしろ問題なのは……」

「なのは？」

「……いや、なんでもない」

「そこまで言ったなら言ってよ。すごく不安になるから！」

「俺のそばを離れるな。そうすればなにも心配はいらない」

「分かった」

それなら頼まれても絶対に離れないぞというように、玲夜の腕にぎゅっとしがみついた。

そんな柚子をかわいらしいと言いたげな柔らかな笑みで見つめる玲夜と共に洋館の中に入っていくと、天井を飾る大きなシャンデリアと、二階へと続く豪華な階段が目に入った。

まるで高級ホテルのロビーのような玄関に、柚子は圧倒される。

「ほわぁ、すごく綺麗」

広い上に、そこかしこに置かれている調度品もこの洋館のレトロさや高級さにすごく馴染んでいる。

玲夜の屋敷のような日本的な建物もいいが、こういう貴族が住んでいそうな洋館にも憧れを感じる。

建物を見ただけでのまれそうになる自分と違い、玲夜は我が物顔で堂々と階段を上っていく。そんな玲夜に尊敬の眼差しを向けつつ、一緒についていく。

三階まで上がってきたが、これまで誰とも会うことがなかったので、本当にここで酒宴が行われているのか疑問を抱いた。人の気配がまったくないのだ。

けれど、そう思う柚子と違い、玲夜はどこか遠くに視線を向けながら「騒がしいな」などと言っている。

「全然声なんかしないよ？　たくさんあやかしが集まるって言っていたけど、本当にこの建物にいるの？」

「人間には分からないだろうな。一階の奥の大広間にいる。そちらではだいぶ盛り上がっているようだ」

「そっちに行かなくていいの？」

「後でな。まずは両親に会わせる。ふたりは控えの部屋にいるようだから」

三階の廊下を進み、一番奥の部屋の前で玲夜は足を止めた。

「ここに、玲夜の両親がいるの？」

「ああ」

自然と背筋が伸びた。

頭の中では最初になんと話しかけようか、どんな挨拶をすればいいだろうかと、いろんな言葉がぐるぐる回る。

ドアノブに手をかけた玲夜を見て、柚子はぎゅっと玲夜の手を握った。

「そんなに緊張しなくていい。すぐにそんなこと吹っ飛ぶだろうからな」

「それどういう意味?」

柚子の問いかけに答えることなく、扉を開き中に入る。

ふたりの男女の姿が見えて、玲夜の両親と判断した柚子はすぐに頭を下げた。

「は、はじめまして! 私は……」

「きゃあぁぁ!!」

挨拶をしようとした柚子の言葉は、直後に聞こえた悲鳴によって遮られた。

「えっ?」

目を丸くする柚子に、部屋にいた女性が突撃してきた。

「あなたが柚子ちゃんね!」

がしっと女性とは思えない強い力で抱きしめられ柚子は戸惑うしかない。

「えっ、あの……ちょっと……」

「やーん、もうずっと会いたいと思っていたのよぉ!」

柚子の困惑を気にも留めず抱きつく女性に、どうしていいのか分からずにいると、男性も近くに寄ってきた。

この状況から救ってくれるのかと思いきや……。

「沙良、僕も僕も。次は僕も柚子ちゃん抱っこしたいよ～！」

男性までもが、まるで赤ちゃんを抱っこさせて、ぐらいのノリで距離を詰めてくる。

そこでようやく玲夜から救いの手が差し伸べられた。柚子から女性を優しく引き剥がすと、取られまいとするように柚子を腕の中に収めた。

「父さん、母さん、柚子が驚いています」

玲夜がそう言ったことで、この目の前のふたりが玲夜の両親であることが間違いないと分かった。

分かったが……。

なんだか柚子が想像していた両親像と違う。

「えー、もうちょっといいじゃない」

「僕はまだ抱っこしてないのにぃ」

厳格な人を想像して挨拶の言葉も考えていたのに、最初の邂逅《かいこう》からして想定外だ。

物静かで、その場にいるだけで覇気が漂う玲夜と違い、玲夜の両親はなんというかとても軽い。見た目も柔和で、言葉遣いも雰囲気もきゃぴきゃぴしている。

本当に玲夜の両親かと疑うレベルで似ていない。

「あの、玲夜。この方たちは玲夜のご両親……で、合ってる？」

「残念ながら血がつながった本当の両親だ」

「玲夜君の父親の千夜でーす」

「母親の沙良でーすぅ」

か、軽い……。

ニッコニコと笑みを浮かべる玲夜の両親を前に、想像していた両親像がガラガラと崩れていった。

玲夜の父親ということは、鬼龍院の当主であり、あやかしを取りまとめるあやかし界のトップ。

そのはずなのに、千夜からはそんな威厳は見受けられない。

むしろ玲夜の方があやかしのボスっぽい。

「や、優しそうなご両親ですね……」

あまりの衝撃に、それだけを口にした。他に言葉が出てこなかったとも言う。

困惑する柚子にかまわず、玲夜の両親は素直に喜んだ。

「あらぁ、優しいですって」

「あはは、そう言ってくれて嬉しいなぁ。第一印象をよく見せるのには大成功したっ

雰囲気だった。
　玲夜の両親は確かに玲夜に負けず劣らずの容姿を持っていたが、いい意味で気安い
　これまで会ったあやかしたちは見た目も美しく、どこか近寄りがたい空気があった。
　始終ニコニコしている両親は、鬼であるはずなのにどこか人間くさい。
てことだよね」

「ほら、緊張も吹っ飛んだだろう」

　それは部屋に入る前に玲夜が言っていた言葉だ。

「確かに吹っ飛んだ」

　玲夜はこうなることを予想していたのだろう。

　今の柚子は緊張も解けて、ほどよく体の力も抜けていた。

　柚子はまだちゃんと挨拶をしていなかったのを思い出して、玲夜の腕の中から出る。

「あの……柚子と言います。玲夜さんにはたくさんお世話になっています。おふたりに会えて嬉しいです。よろしくお願いします！」

　そう言って、深々と頭を下げた。

　顔を上げると、ふたりは微笑ましいものを見るような優しい眼差しをしていた。

「こちらこそ、よろしく」

「よろしくね、柚子ちゃん」

どうやら嫌悪感は抱かれていない様子だったので、柚子もほっと安堵した。

「立ち話もなんだから、座って話しましょう」

「柚子ちゃんを連れてくるって聞いて、張り切ってお菓子を用意したんだよぉ。ショートケーキにマカロンにプリンにタルト。大福にきなこ餅に羊羹《ようかん》……。柚子ちゃんはなにが好きかなぁ？」

「柚子ちゃんは、洋菓子派？　和菓子派？」

「お、おかまいなく」

テーブルの上には所狭しとスイーツが並べられていた。

そこで、ようやく柚子は気付いた。

自分がなにも手土産《てみやげ》を用意していなかったことに。

「あっ……」

どうしようと視線を彷徨わせていると、柚子の異変に気付いた玲夜が顔を覗き込む。

「どうした？」

「ご両親に会うのに、手土産持ってくるのを忘れちゃった。どうしよう……」

玲夜の耳元に顔を寄せ、声を潜めて話したつもりだったが、玲夜の両親にも聞こえたらしい。人間とは違って耳がいいのだろう。

「あらあら、そんなこと気にしなくていいのよ」

「そうそう、ここにはたくさんあるんだから、これを一緒に食べればいいよ〜」

「すみません」

恐縮する柚子に対して、玲夜は柚子の頭を優しく撫でる。

「気にする必要はない」

そう優しく微笑んでくれた。

柚子は気持ちが軽くなったのだが、ふと玲夜の両親を見ると、ふたりとも驚いたように目を大きくしていた。

「あの、なにか……？」

手も止まったふたりに、自分がなにかしたのだろうかと不安になった柚子が問いかけると、ふたりはすぐ我に返ったようだ。

「ああ、柚子ちゃんは悪くないのよ。ただ、ちょっと驚いただけだから」

「玲夜君もそんな優しい顔ができたんだねぇ」

ふたりが気になったのは柚子ではなく、玲夜の方だったようだ。

柚子にとっては見慣れた玲夜の笑顔だったが、両親であるふたりには驚きのあまり固まってしまうほどのことだったのだ。

椅子に座った柚子に、沙良の尋問が始まった。

「玲夜君は優しくしてくれている？」

「はい」

「玲夜君は柚子ちゃんの前ではよく笑うの？」

「そうですね、よく笑っていると思います」

「玲夜君と一緒に暮らしていて不自由はしていない？」

「はい」

「玲夜君は……」

「母さん」

あまりの質問攻めに玲夜がたしなめるように声を出す。

「だってぇ。気になるんだもん。ねえ、千夜君？」

「そうだよー。だって寄ってくる女の子たち皆冷たくあしらって、高道君とデキてるなんて噂が出るぐらいだからさぁ。ちゃんと女の子の扱いを心得ているのか心配になるのは仕方ないよねぇ」

「……その噂、父さんのところにまで届いていたのか……」

知らぬは本人ばかりなり。

「大丈夫、大丈夫。今日の酒宴で玲夜君が柚子ちゃんと仲良くしていたらそんな噂も吹っ飛ぶよ。まだ噂があるのはごく一部にだけだし」

「そう願いますよ」

外野がなにを言っていようと気にする玲夜ではないが、その噂によって、また柚子が傷つくことが心配なのだろう。

当の柚子は、同じようなことを言われたとしても今度は笑い飛ばせる自信があるので、どっちでもよかったりする。

そう思えるようになったのは、これまでにはなかった玲夜への信頼が育った証だ。

その後、お菓子を食べながら、他愛ない話をしていると、あっという間に時間が過ぎてしまった。

「おっと、そろそろ行かないと怒られるね」

時計に目をやった千夜が立ち上がる。

「今年の宴も終わりだ。皆に柚子ちゃんを紹介しに行こうか」

柚子の前に差し出された玲夜の手を取って立ち上がると、四人で部屋を出る。

会場となっている一階まで下りると、千夜のところに男性がすすっと寄ってきて耳元でなにかを囁いた。

「へぇ」

なにを聞いたのか、これまでとは違うニヤリとした毒のある笑みを浮かべ、玲夜に視線を向ける。

「どうやら、狐月の花嫁から話を聞いた両親が無断で敷地内に侵入したようだよ」

途端に目つきを鋭くする玲夜と違って、柚子は一瞬他人事のように感じていた。

しかし、すぐに狐月の花嫁とは花梨のことで、その両親とは自分の両親でもあると気付いた。

「お父さんとお母さんが⁉」

もしかしたら、自分に会いに来たのかもしれないとすぐに思った。

けれど、ここに招かれない者は永遠に彷徨うことになると玲夜は言っていた。

もう関係ない人たちと割り切ったはずなのに、やはりどこかに情が残っていたのだろう。心配な気持ちが湧き上がってくる。

「どうなっちゃうの？」

玲夜を見上げて問いかける。

けれど、それに答えたのは千夜だった。

「大丈夫だよー、柚子ちゃん。今頃森で彷徨ってるだろうけど、そのうち誰かに回収してもらうから。まあ、宴が終わるまではお仕置きも兼ねて放置かなぁ」

「きっと最後の悪足掻《わるあが》きだろう。狐月からの援助を切られ、柚子に助けを求めに来たというところか……。どこまでも面の皮の厚いことだ」

「えっ、そうなの？　でも花梨は花嫁なのに」

その事実を初めて知った柚子は目を丸くした。

なぜなら花梨が花嫁である以上、援助が切られることはないと思っていたからだ。

「狐の力を使い、鬼の目をかいくぐって柚子に接触してきただろう？　そのことで苦情を入れたら、向こうの当主が怒ってそういう罰を与えた。両親は近々遠くの土地に送られるだろう。そうすれば、もう柚子が会うこともないから心配はなくなる」

「そんな大事になっていたんだ……」

「俺の花嫁に手を出すということは、鬼龍院に喧嘩を売るということだからな」

玲夜の言葉に納得していると……。

「妹の方もこの宴が終わった後も花嫁でいるといいけどねー」

その千夜の言葉が引っかかった。

「それってどういう意味？」

「……行くぞ」

柚子の問いかけに答えは返ってくることはなく、玲夜に促されて歩きだした。

酒宴が行われているという大広間の扉の前まで来れば、中からざわめく人々の声が聞こえてきた。相当な人数がいると思われ、柚子を再び緊張が襲った。

「じゃあ、玲夜君と交代ねー」

それまで自身の妻をエスコートしていた千夜が、柚子のところへやってきて肩に手を置いた。

「えっ？　えっ？」

そっと柚子から離れた玲夜に、わけが分からず玲夜と千夜の顔を交互に見ておろおろする。

そんな柚子にはかまわず「レッツゴー！」と明るく言って、千夜は柚子を伴い大広間の中に足を踏み入れた。

中はきらびやかな明かりに照らされ、見目麗しい人々が歓談をしたり、お酒を飲んだりして楽しんでいた。

雪乃たちによって綺麗に整えられた柚子だが、美しいあやかしたちの中に入れば、場違い感が半端ない。柚子があやかしでないことは見ればすぐに分かるほどに見た目が月とすっぽんだった。

あまりの華やかさに目が潰れそうではあるが、間近で玲夜を見てきた分、美形への耐性はできていたようだ。

気後れはしたが、お腹に力を入れて足を動かした。

千夜と共にどんどん中に進んでいくと、「当主様」「ご当主」と言って彼に話しかけようとする人たちにあっという間に囲まれた。

後ずさりしそうになる柚子と違い、千夜はさすが慣れているのか、ニコニコと対応している。

千夜を取り囲む人たちが、その隣にいる見たことのない娘に興味を示すのは当然の成り行きだった。

「あら、こちらの方は？」

「未来の僕の娘だよ」

そう千夜が紹介すると、驚く人が半分、玲夜に花嫁が見つかったことを知っていたのか納得する人が半分だった。

「まあ、この方が噂の花嫁様ですのね」

「若様に花嫁が見つかったのですか!?」

じろじろと全身を舐《な》めるように観察され、話題の中心になった柚子は、顔が引きつりそうになるのをこらえてにっこりと笑みを見せた。

なにゆえ玲夜から離されたのかは、ひと通り話題の中心となり、解放されて玲夜のところに戻ってから玲夜に教えられた。

「鬼龍院が花嫁を認めていると周囲に知らしめるためにも、当主である父から紹介する方が、柚子の価値を上げ、守ることにつながる」

「そういうこと……」

「疲れたか？」

「だ、大丈夫……」

さすがに美形に耐性ができた柚子でも、たくさんの見目麗しいあやかしに囲まれたら怖い。けれど、玲夜の花嫁として認められるためというなら我慢するしかない。

しかし、お前は相応しくないなどといったことを直接的ではなくても、匂わせるぐらいは言われるかと警戒したのだが、そういうこともなく少し呆気にとられた。

これが人間の集まりだったならあり得たかもしれないが、ここにいるのはほとんどがあやかし。あやかしの本能が選ぶ花嫁に対して理解のあるあやかしたちの中で、そんなことを言う者はいないのだろう。むしろ、おめでたいと祝福するような空気が漂っていた。

ふと、視線を感じて周囲に視線を走らせると、にらむような眼差しを向ける花梨を見つけた。その隣には瑶太がいるが、その顔はどこか不安そうに花梨を見ている。

「花梨……」

柚子の、止まった視線の先を玲夜も見る。

「狐月家はあやかしの中では上位の家だからな。花嫁を伴って参加していてもおかしくない」

一瞬、瑶太と花梨を見る眼差しが鋭くなったが、玲夜はすぐに存在を忘れたように柚子に柔らかな表情を向けた。

「なにか食べるか？」

「うん！」

もう、花梨とは関係ない。妹であって妹でなくなったのだ。

ふたりの行く道が重なることはない。

柚子は花梨に背を向け、その存在を意識の向こうへ投げ捨てた。

料理がたくさん並べられたテーブルで、気になった料理を皿にのせていく。

この酒宴は立食形式だが、長居する者も多く、ちゃんと座って食事ができるようにテーブルと椅子も用意されていた。

給仕の者に飲み物をもらい、喉を潤し、玲夜と話をしながらゆっくりと食事をしていると、玲夜の父親が会場に入ってきた時のようなざわめきが起きた。

「なに？」

「ああ、狐の当主が来たんだろう」

人々の視線の先を見ると、白銀の髪が輝く人形のように整った美人が人垣の間から見えた。

「うわぁ、綺麗な人」

桜子にも負けない顔面偏差値。桜子は白百合が似合う淑《しと》やかな美しさだが、妖狐の当主は牡丹が似合う華やかさがある。

「狐雪撫子。九尾の狐で、父さんより年上だ」

「えっ、そんなに年上なの。いや、玲夜のお父さんも十分若く見えるけど」

千夜も沙良も見た目は三十代ぐらいで、とても玲夜のような成人を超えた子供がいるようには見えない。

そんな玲夜の両親よりも年上とは……。

あやかしとは老いないものだろうかと疑問が浮かぶ。

たくさんの人に囲まれた撫子は、なぜか一直線に柚子たちのいるテーブルへ向かってくる。

「なんかこっち来てる？」

「そうだな」

嫌そうな顔をする玲夜をよそに、撫子はずんずんと向かってくると柚子たちの前に立った。

柚子を見て唇に弧を描き微笑むその顔はなんとも言えぬ色気を纏っており、女の柚子ですら思わず頬を染めた。

そんな柚子に、撫子は一層笑みを深める。

「ほほほっ。かわいらしい花嫁じゃのう、若よ」

「他人に言われずとも分かりきったことだ」

恥ずかしげもなくきっぱりと断言する玲夜に、むしろ柚子の方が恥ずかしい。

「メロメロじゃのう」

撫子はなにが楽しいのかコロコロと笑う。

ひと通り笑い終わると、柚子に視線を向けた。

「撫子じゃ」

挨拶をされ、柚子は慌てて立ち上がった。

「柚子です！　よろしくお願いします」

「そちには、我が一族の者が無礼をした。許してたもれ」

「無礼？」

きょとんとする柚子に玲夜が補足した。

「先日柚子のところに突撃した虫のことだ。あの狐が裏で手を回していたせいで、あんなことになった」

護衛がいながら両親たちが突撃できた理由を知った。

柚子は少し疑問に思っていたのだ。護衛がいたのになぜと。護衛の人たちにそれを聞いてしまうと責めているように受け取られそうで聞けなかったのだ。

「あっ、いえ、たいしたことはなかったので、気にしないでください」

子鬼たちが守ってくれたので、大事には至らなかった。

そもそも、悪いのは瑶太であり、一族の当主である撫子になにかされたわけではないのに、怒りをぶつける気にはならない。

「そちは優しい子じゃの」

ニコニコと笑う撫子になぜか頭を撫でられる。

「あれの花嫁もこれぐらいの器の大きさがあればよかったのじゃが」

撫子が視線を向けた先には瑶太と花梨がいた。

「まあ、よい。若の花嫁を一目見られてよかったよ。ではな」

そう言って、ぞろぞろと人を連れて去っていった。

「き、緊張した……」

「まあ、彼女はあやかしの中では父さんの次に発言力のある人だからな」

「そんなすごい人だったの!?」

「柚子は気に入られたようだな」

「そうなの？」

頭を撫でられただけのような気がするが、玲夜が言うのだからそうなのだろうと柚子は納得する。

ほっとしたら、トイレに行きたくなった。

「玲夜、ちょっとお手洗い行ってくる」

「一緒に行くか？」

「ひとりで大丈夫」

男性にトイレの前で待たれるのはさすがに嫌なので断る。

いつもは過保護すぎるほどなのに、この時はすんなりと引いた玲夜にわずかな引っかかりを覚えつつ席を立った。

大広間を出て、二階へ向かって歩きだす。

なぜか女性用のトイレは二階にしかないようで、玄関で見た大きな階段を上がって二階へ。

用事を済ませて、再び階段に向かって歩いていると、途中の廊下には花梨がいた。

鉢合わせたというより、待ち伏せされていたように感じた。

じっとにらむように見てくる花梨を無視して通り過ぎたが、後ろから腕を掴まれる。

さすがに足を止めざるをえなくなり、振り返ると、目を吊り上げる花梨の顔が目に映る。

「なにか？」

思っていたよりも冷めた声が出て、柚子は自分で自分に驚いた。

とても、長年生活を共にした妹に向ける声ではなかった。

それだけ柚子の中で、花梨は他人よりもさらに外の人になりつつあるのだろう。

「なにってなに!?　こっちはお姉ちゃんのせいで大変なことになったのに、他人事みたいに平然として！　悪いと思わないの!?」

狐月家からの援助が切られたと玲夜が言っていたのを思い出し、そのことだろうと柚子は見当をつけた。

「私はなにもしてないわ」

柚子の言う通り柚子はなにもしていない。

援助が切られたのは、両親と花梨の行いによる結果だ。

まあ、柚子が鬼龍院の花嫁だったから、これほどに大事になったのは確かだが……。

「お姉ちゃんが早く戻ってこないからでしょう！　あれだけ忠告してあげたのに。鬼龍院さんには恋人がいるんだから、そこにいたってお姉ちゃんが不幸になるだけなのに」

「まだ言っているの。それならもう解決したから。それはただの噂だって玲夜が言ってくれた」

「そんなことない。お姉ちゃんは騙されているんだよ。ねっ、帰っておいでよ。お姉ちゃんが花嫁なはずないんだから」

柚子は掴まれていた花梨の手を振り払い、花梨の正面に向き直る。

もう揺れたりはしない。

　玲夜に想いを伝え、伝えられ、信じることができるようになった時から、柚子は強さを手に入れた。

「花梨はどうしてそこまで私が花嫁であることを否定するの？」

「それはお姉ちゃんのためを思って……」

「私のため？　そうじゃないでしょう？　花梨はただ私が花梨と同じ立場……ううん。自分より上になるのが嫌なだけ。鬼龍院なんて地位の高い家の花嫁になるのが許せないのよ。私のためなんて言っているけど、自分が優位に立ちたいだけじゃない。そんなに許せない？　自分より下だと思っていた私が玲夜の花嫁になるのが」

　唇を噛みしめる花梨の様子から、それが図星だということが分かる。

「……本当のことじゃない。お姉ちゃんなんか、お父さんにもお母さんにも愛されないかわいそうな子のくせに。お姉ちゃんが鬼龍院様に本当に愛されていると思ってるの!?　そんなわけないのに。家族にも愛されないお姉ちゃんを必要とする人なんかいるはずないじゃない!!」

　分かっていても面と向かって愛されていないと突きつけられるのは心が痛む。

　塞がりかけていたかさぶたが剥がれるような痛みを感じたけれど、もう柚子は家族の顔色をうかがって生きていた昔の柚子ではない。

「確かに私は家族に愛されてなかったと思うけど、そんなことは今となってはどうでもいいの。私はもう、あなたたちのことは忘れる。だって今がとても幸せなんだもの。私の現在にも未来にも、花梨もお父さんもお母さんもいらない」

これは決意表明でもあった。

これ以上、花梨や両親に生活を脅かされないように。

心が揺れてしまわないように。

「そんなの許されない。お姉ちゃんのせいで家族がバラバラになって……。瑶太だって、これまでは優しくて私のお願いはなんでも聞いてくれたのに、なんでか急にあれは駄目これは駄目って。お姉ちゃんが花嫁に選ばれてからおかしくなったの。凡人のくせにお姉ちゃんが花嫁になれるわけがないのに。特別な私とは違うってことに早く気付くべきだわ。これまで通りお姉ちゃんは私のご機嫌をうかがって私の言う通りにすればいいのよ。そうしたらまた家族皆一緒に……」

「その家族の中に私はいなかったじゃない。バラバラと言うなら、とっくに私の家族はいなかった。ううん、私の家族はお祖父ちゃんとお祖母ちゃんだけだった。思い通りにならなくなったからって私のせいにしないで」

花梨がまだなにか言っていたが、柚子は背を向けて歩きだした。

階段を下りようとした時、後ろから勢いよく肩を掴まれ、柚子は驚いた。

振り向けば、花梨が鬼の形相で柚子に掴みかかってくる。

「ちょっと、やめて！　危ないでしょう！」
「お姉ちゃんのせいよ！　お姉ちゃんが悪いのに!!」
興奮した花梨の力は強く、引き離せない。
揉み合いになり、花梨の手に髪を引っ張られ、爪が頬をかすめ引っかき傷がつく。
必死に抵抗し手を振り下ろすと、その手が花梨の頬を叩いた。
途端に動きを止めた花梨。
ふたりともに髪も崩れ、ひどいことになっている。
これで終わったかと気を抜いた瞬間……。
花梨が力に任せて体当たりするような勢いで柚子を押した。
その直後、足場がなくなりふわりと体が浮く。
階段から落ちたと気付いた時には柚子の体は傾いていた。
手すりに掴まる余裕などなかった。
落ちる！
そう痛みを覚悟した柚子の視界を青い炎が覆いつくす。
全身を包むその温かさには覚えがあり、柚子に恐怖ではなく安堵を与えた。
「大丈夫か、柚子？」
青い炎が消えると、柚子は玲夜の腕の中にいた。

玲夜に横抱きにされた柚子は、彼の顔を見上げる。

青い炎に包まれていた時と同じ、なんとも言えぬ安心感が柚子を温かく包む。

「うん。大丈夫」

ゆっくりとその場に下ろされる。

少しよろめいたが、そこはすかさず玲夜が支えた。

「ありがとう」

そうお礼を言うと、玲夜の手が柚子の頬を撫でる。

ピリッとした痛みが走り、玲夜の紅い目が光ったかと思うと、痛みがスッと引いた。

「他に痛いところはないな?」

玲夜が治してくれたことを理解して、もう一度お礼を言う。

「ありがとう」

「いや、これは俺のせいだからな。悪かった」

「なんで、玲夜が謝るの?」

「……柚子の後をあの女が追いかけていくのに気付いていながら見ていた。だから柚子は俺を責めていいんだ」

心配そうに、そして後悔を瞳に宿した玲夜を責める気にはならなかった。

そもそも花梨が階段から柚子を突き落とすとは玲夜も想定していなかっただろう。

柚子ですらそこまでするとは思わなかったのだから。

階段を見上げると、今さら自分がしでかしてしまったことを理解したのか、顔を青ざめさせた花梨が佇《たたず》んでいた。

恐らく花梨も最初から柚子を落とそうと思っていたのではなく、衝動的だったのではないかと思った。

「花梨！」

柚子の横を通り過ぎ、階段を駆け上がっていく瑶太。

花梨は泣きそうな顔で瑶太にしがみついた。

「おやおや、やっちゃったねえ」

「ほんにのう」

続いて、千夜と撫子までもが姿を見せた。

「柚子ちゃん、大丈夫かい？」

柚子の顔を覗き込んで問いかける千夜に頷いて大丈夫であることを伝える。

「そっかー、ならよかった。……さて、撫子ちゃん」

「そうじゃの。警告はちゃんとした。それだというのにこれほど愚かとは」

撫子は階段を見上げ、目を細めた。

「瑶太。分かっておるな？」

びくりと瑶太が体を震わせた。

「当主として、その愚か者を一族に迎え入れることはできぬ」

「撫子様、どうかもう一度だけチャンスを！　お願いいたします！　今度はちゃんと言い聞かせます。ですから……」

瑶太の心からの懇願は一蹴されることになる。

「ならぬ。その者はすでに二度過ちを犯しておる。己を顧みる機会はこれまでにあった。その機会を潰したのはその娘自身。そして、甘やかすだけでそれを止めなかったそちの罪だ」

「玲夜？」

話が見えない柚子は玲夜を見上げる。

「妖狐の当主との間で話し合いをしていた。次にあの妹が柚子に手を出したら、妹は両親と共に遠い地へ送られ、あの小僧の花嫁とは認めないと」

「それじゃあ、花梨は……」

柚子が階段上の瑶太を見ると、瑶太は離したくないと訴えるように花梨をきつく抱きしめている。

そんな瑶太に、撫子は最後通告を叩きつけた。

「その娘を両親と共に送り返せ。これよりその娘は花嫁ではない。当主たる妾が花嫁と認めぬ」

がっくりその場に膝をついた瑶太。

花梨はなにが起こったか分からないようで、おろおろとしている。

「よ、瑶太……？」

「なんでなんだ、花梨。あれだけ……あれだけ姉には近付かないようにと言っていただろうっ!?　じゃないと俺たちは一緒にいられなくなるって」

涙を浮かべ声を荒らげる瑶太に、花梨は戸惑う。

「だって、お姉ちゃんのせいでいろいろおかしくなっちゃって、だから……。ごめんね、瑶太。そんなに泣くほどのことじゃないでしょう。もうしないから」

「もう遅いんだよ……。俺たちはもう一緒にいられなくなった」

「えっ……なんで？」

「君が鬼龍院の花嫁に手を出したからだ。君を一族の者として迎え入れることはできなくなった」

そう告げられると、花梨はキッと柚子をにらむ。

「またお姉ちゃんのせいなの!?」

「違う……そうじゃない……」

瑶太は泣きそうな声で否定する。

すべてを柚子のせいにする花梨は、きっとこれから先も柚子のせいだと言って生きていくのだろう。

「別れの時間は必要じゃろうて。残りの時間を大事にせよ」

それだけ言って撫子は去っていった。その後に千夜も続く。

そして柚子も、玲夜に背を押されその場を後にした。

それが、姉妹の別れであった。

後味が悪いような、なんとも言えぬ感情が心の中に渦巻く。

「気にしているのか？」

暗い表情の柚子を見て、玲夜は両手で頬を包む。

「気にしているって言ったらそうなんだけど……。なんだか今の感情を言葉にはしにくいかも」

花嫁として認められなくなった花梨。両親と共に遠くへ行かされると言っていた。

ならば、もう柚子が会うことはないのだろう。

それが、とても呆気なく思えた。少し同情もあるのかもしれない。

柚子を見下すことで優越感に浸っていただろう花梨。

そして、花梨を止めきれず離れることになってしまった瑶太。

ふたりは今後どうしていくのだろうかと。他の道はなかったのかと……。

「柚子が気にする必要はない。もうあれらは過去のものだ。これからの未来に今ある感情は捨てていけ」

　捨てていいのだろうか……？

　柚子は自問自答する。

　そして……。

「ううん。忘れずにちゃんと持ってる。きっと忘れちゃいけないものだと思うから」

　両親に甘えられなかった時の気持ち。

　花梨を優先され、我慢しつつもこっちに目を向けてほしいと願っていたこと。

　そんな花梨に抱いていた複雑な想い。

　いつしか覚えた、あきらめの感情。

　それらは今の柚子を作り上げたものだ。

　そんな悲しい過去は必要ないのかもしれない。忘れた方が楽なのかもしれない。

　けれど、忘れようと思っても忘れられるものではない。

　それらも柚子の一部なのだ。

　ならば、覚えていようと思う。

　忘れることなく、受け入れ、未来のための糧としよう。

　柚子はこれまでの日々を、そして今日という日を胸に刻むことにした。

「柚子がそうしたいならそうすればいい。けれど忘れるな。つらい時は俺がいるということを」

「うん。これからもずっとそばにいてね」

「ああ。いらないと言われてもそばにくっついてやるさ」

クスクスと笑い合う。

そっと玲夜に抱きつけば、包み込むように柚子を受け入れてくれる玲夜に心が温かくなる。

「もう宴も終わる。そろそろ帰るか？」

「うん、帰りたい」

「ああ、帰ろう。俺たちの家に」

居場所が欲しいと願い続けた柚子を温かく迎え入れてくれたあの屋敷に。

優しい人たちが待つ安息の地へ。

＊＊＊

いつも通りの変わらぬ日常が戻ってきた。

朝起きて、朝食をとり、制服に着替えて学校へ行く。

教室に入れば友人たちと挨拶を交わして、他愛ないおしゃべりをする。

なにも変わらない、いつもの光景。

けれど、ここしばらくの間で、柚子の心持ちが大きく変わったことに気付いた者はいるだろうか。

迷子の子供のように常につきまとっていた不安。それが玲夜と出会ったことで、取り除かれ、柚子を強くした。

それまでにはたくさんの葛藤や戸惑い、怯えがあった。

けれど、玲夜からたくさんの愛情を受け、そして柚子も玲夜への愛を確信したことで、信じるということができるようになった。

一歩を踏み出す強さを手に入れた。

もう、柚子は愛に飢え怯えた以前の柚子とは違う。

「柚子、ちょっと変わったね」

突然、透子がそう言った。

「そう？」

「うん。前より明るくなった」

「そうかな？　私には分からないけど、そうだとしたら玲夜のおかげかな」

「はいはい、ごちそう様。惚気《のろけ》は結構よ」

「透子だって普段からにゃん吉君とラブラブじゃない」

「付き合いは長いからね」

そんな話をしていると、突然教室内で悲鳴が起きた。

柚子と透子は突然の声にびくりとする。

何事かと周囲を見回すと、窓辺に生徒が集まっていた。

「やだ、イケメーン」

「眼福っ……」

ほうとため息をつき、頬を染める女子生徒たち。

気になったふたりも窓の外を見ると、校門のところに一台の高級車が停まり、そこに見慣れた人が立っていた。

「えっ、玲夜？」

「若様じゃない。どうしたの？」

「さあ？」

首をかしげていると、スマホに通知が届いた。見ると『迎えに来た』という文字が。

授業も終わっていたので、慌てて鞄に荷物を詰める。

「先帰るね、透子」

「また明日ね～」

急いで教室を出ようとすると、行かせまいと大和が立ち塞がった。

あれからいっさい話すこともなくなった大和。

訝《いぶか》しげに見つめると……。

「柚子、俺さ、あれからよく考えたんだ。やっぱり花梨ちゃんのことは気の迷いだった」

「だから、なに？」

もう今さら大和が誰を好きだろうと柚子にはなんの関係もないし、興味もない。

そんな柚子の肩を大和が掴む。

「俺たち、やり直さないか？　やっぱり柚子のことが好きだって分かったんだ。遠回りしたけど、それが一番いいと思うんだ」

教室内の女子生徒から冷めた視線が大和に向けられる。

大和が心変わりして柚子を捨てたことはクラスの生徒なら誰もが知る話だった。

柚子はなにも言っていないが、平然としている大和に腹を立てた透子が、大和に批判的な噂を流したようだ。噂といってもすべて事実ばかりだが。

そのせいか、以前は女子に人気があった大和の栄光は地に落ちつつあった。

そんな周囲の冷めた視線に気付かず、大和は続ける。

「あんな男と柚子じゃ釣り合わないよ。きっと浮気されて捨てられるのがオチだって」

どの口が言うのかと、話を聞いていた誰もが思ったことだろう。

「俺ならそんなことしないよ。ずっと柚子のこと大切にする……へぶっ」

なおも言葉を続ける大和に、柚子は渾身《こんしん》の一撃を頬におみまいした。

尻餅をつき頬を押さえる大和を見て、胸がスカッとするのを感じた。

「あー、スッキリした！」

晴れ晴れとした顔をして、大和の横を通り過ぎた。

そして、一目散に駆け出し向かったのは、愛しい玲夜のところ。

「玲夜！」

「柚子、おかえり」

「ただいま！」

これから先も柚子が帰るのはこの腕の中――。

番外編

子鬼の暗躍

玲夜の霊力によって柚子のために生み出されたふたりの小さな鬼。

白髪の子鬼と、黒髪の子鬼。

名前はまだない。

その見た目は女性たちを虜にするほど愛らしい。しかし、柚子のために玲夜の霊力を最大限に込めて作られた、最強のボディガードでもあった。

東吉ぐらいのあやかしなら捻《ひね》り潰す力を持っているのだが、その愛らしさからは伝わらないようで、学校で子鬼に怯えているのは霊力を感じられる東吉だけである。

柚子の護衛を任せられた子鬼たちは、それとは別に、玲夜から極秘任務を受けていた。

学校では必ず柚子の目の届くところにいる子鬼たちだが、男の子の姿をしている彼らを、柚子は体育の時の着替えやトイレには連れていかない。

柚子の目から離れるその時、子鬼たちの極秘任務が始まる。

透子と共にトイレに立った柚子が見えなくなると、残された子鬼は素早く動く。

目指すは、柚子の元カレ大和のもと。

子鬼は愛らしい笑みを浮かべながら大和に近付くと、机の上にあったペンケースをひっくり返し床にバラバラと落とした。

「おい、なにすんだ！」

当然大和は怒りをあらわに怒鳴る。

しかし、子鬼が目に涙を浮かべてウルウルさせ怯えると、教室内にいた女子生徒たちから非難の嵐が大和に浴びせられる。

「ちょっと、子鬼ちゃんをいじめるんじゃないわよ！」

「泣いてるじゃないの！」

「かわいそうに」

「いや、だって、こいつらが……」

大和の訴えは、女子たちのにらみの前に小さくなっていく。

その時、大和は見た。

子鬼が大和にしか分からないようにニヤリと笑ったのを。

しかし、そんなことを言っても信じる者はいない。

子鬼たちの大和への嫌がらせはこれだけにとどまらない。

ある時は膝かっくんをされ、廊下に倒れ込み、ある時は体操服にお絵かきをされ、先生に怒られ、ある時は靴の中にスライムを仕込まれ、足の裏がスライムまみれになり。

またある時は、お昼の弁当をシェイクされ、ごはんとおかずがぐちゃぐちゃになったりと、地味ないたずらが横行した。

そのたびに、大和怒る↓子鬼ウルウル↓女子から非難↓子鬼ニヤリ、というループが柚子の知らぬところで繰り返されていた。

これらすべて、愛しい愛しい柚子を悲しませ、一方的にふった大和への嫌がらせである。

それが、玲夜から子鬼たちに命じられた極秘任務であった。

そして今日も子鬼たちは任務を果たすべく、柚子のいない隙を狙うのであった。

桜子のコレクション

「あっ、ああ！　……ああっ!!」

一冊、また一冊と焚《た》き火の中に放り込まれる桜子のコレクション。

人知れず楽しんでいたかわいいコレクションたちが、燃えかすとなっていく光景に涙するが、そんな桜子にかまわず高道と桜河はどんどん火の中に投げ捨てていく。

「あんまりです……うぅっ」

ハンカチで涙を拭う桜子に対して、鬼山家の庭で行われる焚き火を、親の敵のような眼差しで見つめる高道。

「よくもまあ、こんなにも集めたものですね」

「予想外の多さだな」

兄の桜河も妹のコレクションの多さにあきれている。

玲夜の命令により、桜子の部屋は畳の下まで隅々調べられ、玲夜と高道を主人公にした本がかき集められた。予想外の多さだったが、それらは玲夜の命令通り、欠片ひとつ残さず燃やされることとなった。

コレクションをすべて失ってしまった桜子は、しょんぼりしたまま学校へ。

すると、すぐに女子生徒がわらわらと集まってきた。

彼女たちは友人ではない。友人を超えた絆《きずな》でつながる同志たちである。

「桜子様ぁぁ」

「ああ、なんということでしょうか。高道様がいらっしゃって私たち漫画同好会を解散するようにと」

「これまでの作品もすべて没収されてしまいましたわ」

涙ながらに訴える女子生徒たちに桜子も悲しくなる。

「申し訳ありません、皆様。コレクションが玲夜様の目に触れてしまい、お怒りを買ってしまったのですわ。私の責任です」

「そんな、桜子様が謝罪する必要はございませんわ」

「ええ、ええ。そうですとも。桜子様のせいではございませんよ」

慰めの言葉がかけられるが、桜子の気持ちが浮上することはない。

「けれど、同好会が解散してしまっては、会も解散せねばならないかもしれませんね」

「そんなっ！」

桜子の言葉に、女子生徒たちが衝撃を受けた顔をする。

会というのは、玲夜と高道の恋を応援するために発足した知る人ぞ知る会。

その名も『玲夜様と高道様の恋を見守る会』である。

この会の存在はまだ知られていなかったが、それも時間の問題だろう。

そもそも、玲夜と高道はそういう仲ではないのだから、見守る必要はない。

皆がしょんぼりと肩を落としていると……。

「心配には及びませんわ！」

桜子たちの中に割って入ってきたのは、高道により解散に追い込まれた漫画同好会の会長である。

「桜子様は、このまま解散でよろしいのですか!?　納得できるのですか!?」

「けれど、同好会は解散させられ、私のコレクションもすべて灰になってしまいましたわ」

「これをご覧ください」

会長からさっと渡された冊子をめくると、例の桜子のコレクションと同様のものであった。

これらはすべて没収されたはず。

けれど、よくよく見てみると、登場人物は同じだが、名前が違う。

「これを、どうしたのです？」

「徹夜で仕上げました。これは玲夜様でも高道様でもありません。おふたりに似た別の者です。どういうことかお分かりですか？」

「まあ！」

没収されたのはあくまで玲夜と高道を題材にした作品であり、それ以外は問題ない。

その手があったかと桜子たちの顔が明るくなる。

「そして私、玲夜様と高道様を見守る会、会員ナンバー一二番。副会長も務める、漫画同好会会長改め、漫画研究部部長として、先ほど部の承認をいただいてきましたわ！」

ドヤ顔で胸を張る部長は、眼鏡をきらりと光らせた。

「今なら部員募集中です」

「入ります！」

「私も！」

「私もです！」

次々に立候補したのは、元漫画同好会の部員だ。

「活動内容は、同好会の時と変わりありません。ですが、あくまで創作。似ていると言われようとも、違うと言ったら違うのです！」

「素晴らしいですわ！」

「万が一高道様がまたなにかを言ってきたとしても、創作で押し通しましょう。けれど、できるだけ密かに隠密《おんみつ》活動するのですよ」

「了解です、部長！」

「我ら、何度潰されようとも不死鳥がごとく何度でもよみがえってみせますわ！」

おほほほほっと高笑いする部長を、桜子と新たな部員は尊敬の眼差しで称えた。

「早速依頼をいたしますわ。なくしたコレクションの代わりをお願いいたします！」

「承知いたしました。全身全霊をかけて作品を世に出し続けてみせます！」

のちに、鬼龍院すら恐れぬこの部長は、腐った世界では有名な漫画家として、世に名をはせることとなるのだった。

特別書き下ろし番外編

東吉のドキドキお宅訪問

猫田東吉。

猫又のあやかしであり、あやかしの世界では下の中ぐらいの力しかない。

しかし、そのことに対して特に不足を感じたことはない。

あやかしとしては下の方だとしても、世間一般から見れば猫田家はそれなりにビジネスで成功していて、不自由のない暮らしを送っている。

上を見たらきりがないのだ。

それに、自分は上位のあやかしですら羨望する花嫁を得ているのだからと、東吉はむしろ今の生活に満足していた。

東吉の花嫁、透子。

竹を割ったようなサバサバした性格で、花嫁になれと言ったらバッサリと切り捨てられた。

かわいい系がタイプだと思っていた東吉は、理想とかけ離れた花嫁にちょっと……いや、かなりショックだったが、本能には逆らえなかった。

ストーカーまがいにつきまとい、なんとか話してもらえるようになった頃、なんだか気が合うなと思った。

これがあやかしの本能から感じるものなのか、東吉自身が感じることなのか分からなかったが、透子といるのは居心地がよかった。

その後、怒濤《どとう》の猛攻で透子を花嫁にすることができた時は、思わずガッツポーズをしたものだ。

そんな透子には親友といってもおかしくない友人がいる。

柚子と初めて会った時の東吉の感想は、どこにでもいる普通の少女だなということ。

けれど、見目のいいあやかしである東吉に対して、年頃の女の子は騒いだり頬を染めたりすることが多かったが、柚子はまったくそういう反応をしなかった。

そこが東吉には新鮮で、好感が持てた。さすが透子の友人だと思ったものだ。

普通の少女だと思っていた柚子の家庭は、他人から見ると歪んでいた。

よく、あの家で暮らしていて性格が歪まなかったなと感心するほどだった。

そんな柚子に手を差し伸べたのは、あやかしの中でも極上の男。

鬼龍院玲夜。

言わずと知れた鬼龍院の次期当主。あやかし界でいずれトップに立つ男だ。

よくもまあ、あんな大当たりを引いたものだと東吉は驚いた。

東吉の知る玲夜という男は冷酷で無口、無表情、無関心のないない尽くし。

玲夜がパーティーに出れば、必ず女たちが周りを取り囲むが、どんな美女にも興味を示したのを見たことがなかった。

東吉とて男だ。透子と出会う前はそれなりに異性への興味があったが、玲夜の女たちへ向ける眼差しと言ったら……極寒の吹雪《ふぶ》く雪山よりも冷たかった。

それは今も変わらないだろう。

きっと気に食わない者がいれば、無表情でなんのためらいもなく潰せる。

いや、虫を殺す時のようにちょっと不快に思うだろう。が、感じるのはそれだけで容赦はないはず。

ただでさえ、あやかしの中では弱い東吉が付き合いたくない第一位である鬼の中で、さらにできる限り関わりたくない存在。それが東吉から見た玲夜だった。


そんな玲夜のお宅に、なぜか訪問中の東吉。

透子が柚子の生活状況を確認しておきたいと言い出したのだ。

お前は柚子のおかんかとツッコミを入れた。

本当は来たくはなかった。

当然だろう。鬼の巣窟《そうくつ》である玲夜の屋敷に、弱い猫又が行きたがるわけがない。

ショック死してしまう。

けれど、透子ひとりを行かせて、失礼なことをして鬼の逆鱗に触れたら……。

そう考えただけで東吉の胃が痛み、体がぶるりと震える。

ついていかないわけにはいかなかった。

屋敷を見た瞬間、東吉は頬を引きつらせた。屋敷を覆うように強力な結界が張られている。それこそ弱いあやかしなら瞬殺できるほどに強力な。

さすが次期当主の根城。ゲームで言えば、ラスボスの城のようだ。

結界からあふれる霊力だけで、どれだけ強いかが分かる。

霊力の分からない透子はのんきなものだが、東吉は鳥肌がおさまらない。

「ようこそいらっしゃいました」

丁寧にお辞儀をされ出迎えられるが、その使用人たちもすべて鬼。東吉より格上の存在なのだ。

こんな弱小あやかし相手に頭を下げる鬼を見ると、さらに東吉の胃が痛んだ。

「柚子、来たわよー」

「いらっしゃい。透子、にゃん吉君」

鬼に囲まれビビる東吉と違い、透子と柚子は嬉しそうに満面の笑みだ。

東吉にはそんな余裕はなかったが、透子がそこまで嬉しそうにしているのには理由がある。

柚子のあの問題のある家族のせいで、透子は柚子の家に遊びに行ったことがなかった。逆に、柚子が透子の家に遊びに行くこともなかった。

柚子はいびつな家族を見られるのが嫌だった。そして、透子の家族は仲がいいので、自分とは違う仲のいい家族を見ることがつらかったのかもしれない。

だから透子にとっては、初の柚子のお宅訪問となる。

柚子も初めて透子を家に呼ぶことができたと、ふたりは嬉しそう。

できれば東吉も無邪気に喜び合う一員になりたかった。しかし、客を出迎えるべくそこかしこにいる使用人たち。彼らから感じる馬鹿強い鬼の霊力に囲まれては素直に喜べない。生まれたての子鹿のように足が震えないようにするのがやっとだ。

「じゃあ、部屋に行こう」

そう言う柚子に部屋へと案内され、鬼たちの視線から解放された東吉はやっと生きた心地がした。まだ来たばかりなのにすでに疲労困憊だ。

「にゃん吉君どうかした？」

「お前らはのんきでいいな……」

「え？」

「なに言ってんのよ、にゃん吉」

「いい、気にするな」

言ったところで、人間であるふたりにはこの恐怖は伝わらないのだから。

用意されたお茶を飲んで、ようやく人心地つく。

きゃいきゃいはしゃいでいるふたりの会話を聞きながら、茶菓子を食べていると、なんだか大きな霊力が近付いてくるのを感じて、東吉は背筋をぴんと伸ばした。

強い霊力はこの部屋の前で止まり、ノックの後に扉が開く。

入ってきたのは、東吉の予想通り、この屋敷の主である玲夜だった。

「玲夜」

ぱっと表情を明るくさせる柚子に、玲夜は脇目も振らず近付く。

東吉と透子のことなど目に入っていないかのように、柚子だけをその瞳に映し微笑む玲夜は、東吉の知る冷酷な次期当主とはまったく違っていた。

真綿で包むような優しい笑みからは、柚子が大事だということが手に取るように分かる。

きっと実際に目にしなければ、口で言っただけでは誰も信じてはくれないだろう。

玲夜がこれほどに優しい顔ができるということを。

それと同時に、柚子に目をやる。

家族と暮らしていた時とは違う、憂いの晴れた心からの笑顔。

玲夜に愛し愛され、満たされている者の顔。

よかったな、と心から思う。

東吉とて柚子の友人でいるつもりだ。あの家族から解放されて幸せでいるのは素直に喜ばしい。

隣に座る透子も、そんな柚子を微笑ましそうに見ている。

結局、柚子が幸せそうにしていると透子が嬉しそうだから東吉は嬉しいのだ。

「あっ、若様。例の柚子の写真持ってきましたよ。水着姿のお色気写真ですぜ、旦那」

「見せてみろ」

「ちょっと、透子！　水着はやめてよ！」

「代わりに若様のお色気写真も撮らせてくれます？」

「頼むからやめろ！」

透子がいつか玲夜の逆鱗に触れないかと冷や冷やする東吉だった。

完

あとがき

まず初めに、本作を読んでくださって本当にありがとうございます。

心から感謝をお伝えしたいと思います。


こちらは元々スターツ出版様のサイトで行っていた、「あやかし×恋愛」を題材にした短編コンテスト用で書き下ろした作品でした。

テーマを見てすぐに、鬼と鬼に選ばれた花嫁という話を思い浮かび、応募してみようと思いました。

しかしながら、思い浮かんだ話は、どう考えても長編になりそうな内容になってしまい、文章を考えて書くことより、いかに既定の文字数内で納めるかの方が大変でした。

それを何とか、短編で収まるように書いて応募してみたところ、ありがたいことに優秀賞に選んでいただきました。

まさか本当に賞をもらえるとは思わなかったので、嬉しくて調子に乗り、当初考えていた長編の話に書き直したところ、この度書籍化していただくことになりました。

お話をいただけた時は本当に嬉しかったです。
家族愛に恵まれなかった女の子が、溺愛され、愛されることを通して人を信じられるようになったり、辛かった過去すらも受け入れる強さを手に入れるという、柚子の心の成長が皆様に伝われば幸いです。

今回は、イラストレーターの白谷ゆう様に、美麗な装画を描いていただきました。着物を着た柚子が私の想像以上の綺麗さで、思わず声を上げて喜んでしまいました。自分が思っていたより何倍も綺麗なイラストで、こんな綺麗なイラストを使わせていただいていいんですか?という感じでした。
そちらの方も楽しんでいただけたら嬉しく思います。

最後になりますが、皆様のおかげで無事に本にすることができました。たくさんの本がある中、こちらを手に取っていただいて本当にありがとうございました。

クレハ

この物語はフィクションです。実在の人物、団体等とは一切関係がありません。

クレハ先生へのファンレターのあて先
〒104-0031　東京都中央区京橋1-3-1　八重洲口大栄ビル7F
スターツ出版（株）書籍編集部 気付
クレハ先生

鬼の花嫁
～運命の出逢い～

2020年10月28日　初版第１刷発行
2023年７月18日　　　第19刷発行

著　者　　クレハ　©Kureha 2020

発 行 人　菊地修一
デザイン　カバー　北國ヤヨイ
　　　　　フォーマット　西村弘美
発 行 所　スターツ出版株式会社
　　　　　〒104-0031
　　　　　東京都中央区京橋1-3-1　八重洲口大栄ビル7F
　　　　　出版マーケティンググループ　TEL 03-6202-0386
　　　　　（ご注文等に関するお問い合わせ）
　　　　　URL　https://starts-pub.jp/
印 刷 所　大日本印刷株式会社

Printed in Japan

乱丁・落丁などの不良品はお取り替えいたします。上記出版マーケティンググループまでお問い合わせください。

本書を無断で複写することは、著作権法により禁じられています。

定価はカバーに記載されています。

ISBN　978-4-8137-0993-0　C0193

スターツ出版文庫　好評発売中!!

ウソつき夫婦のあやかし婚姻事情～天邪鬼旦那さまと新婚旅行!?～　編《あみ》乃《の》肌《はだ》・著

妖の呪いから身を守ることを条件に、天邪鬼の半妖である上司・天野と偽装夫婦になった玲央奈。偽の夫婦なはずなのに、いつしかツンデレな旦那さまを愛おしく感じつつある自分にウソはつけない…。そんな中、妖専門の温泉宿『真宵亭』に招待され、新婚旅行をすることに。しかし、そこで“書道界の貴公子”こと白蛇の半妖・蛇目に、天野の前でゲリラ求婚されてしまう！まさかの恋のライバル出現に、独占欲むきだしの天野は、まるで本物の旦那様のようで…!?大人気チビ天野も再登場！ウソつき夫婦の妖ラブコメ、待望の第二弾！

ISBN978-4-8137-0975-6／本体600円+税

天国までの49日間 ～ラストサマー～　櫻井《さくらい》千姫《ちひめ》・著

霊感があることを周囲に隠し、コンプレックスとして生きてきた稜歩。高校に入って同じグループの友達がいじめを始めても、止めることができない。そんな中、いじめにあっていた梢が電車に飛び込んで自殺してしまう。責任を感じる稜歩の前に、死んだはずの梢が幽霊として現れる。意外なことに梢は、自殺したのではなく他殺されたと言うのだ。稜歩は梢の死の真相を探るべく、同じクラスの霊感少年・榊と共に、犯人捜しを始めるが…。気づけばいじめの加害者である稜歩と被害者の梢の不思議な友情が芽生えていた。しかし、別れのときは迫り――。

ISBN978-4-8137-0976-3／本体650円+税

お伊勢 水神様のお宿に嫁入りいたします　和泉《いずみ》あや・著

神様とあやかしだけが入れる伊勢のお宿「天のいわ屋」。幼い頃に両親を亡くし、この宿に引き取られたいつきは、宿の若旦那である水神様・ミヅハをはじめ、仲間たちと楽しく働いていた。しかしある日、育ての母でもある女将・瀬織津姫から、ミヅハとの結婚を言い渡される。幼馴染のミヅハが密かに初恋だったいつきは、戸惑いつつも嬉しさを隠せない。そんな折、いつきが謎の体調不良で倒れてしまう。そこには、いつきとミヅハの結婚を阻む秘密が隠されていて…!?千年の遥か昔から続く、悲しくも温かい恋物語。

ISBN978-4-8137-0977-0／本体640円+税

未だ青い僕たちは　音《おと》はつき・著

雑誌の読モをしている高3の野乃花は、苦手なアニメオタク・原田と隣の席になる。しかしそんな彼の裏の顔は、SNSでフォロワー1万人を超えるアニメ界のカリスマだった！原田の考え方や言葉に感銘を受けた野乃花は、正体を隠してSNSでやりとりを始める。現実世界では一切交わりのないふたりが、ネットの中では互いに必要不可欠な存在になっていって―!?「なにをするのもきみの自由、ここは自由な世界なのさ」。学校という狭い世界で自分を偽りがんじがらめになっていた野乃花は、原田の言葉に勇気をもらい、自分を変えるべく一歩を踏み出すが―。

ISBN978-4-8137-0978-7／本体620円+税

書店店頭にご希望の本がない場合は、書店にてご注文いただけます。